エキスポ
無頼の女房

中島淳彦

論創社

エキスポ／無頼の女房

目次

エキスポ

登場人物

大場康夫（42歳、長男）
　君江（38歳、康夫の妻）
千代子（28歳、長女）
珠子（22歳、次女）
了一（62歳、康夫らの父）
賢作（50歳、了一の甥）
山下（30歳、千代子の元夫）
峰山（41歳、宝田の男）
宝田（41歳、峰山の男）
上原（32歳、康夫の浮気相手の夫）
高田葬儀屋
芳川（東京のレコード会社の男）
金丸（旅行代理店の男）
客（酒ばかり飲んでいるあまり面識もない通夜の客）

舞台設定

古ぼけた木造の建物。

主な舞台はその一階の狭い中庭に面した茶の間。

茶の間と中庭を隔てるように廊下があり、廊下の一方には便所。

便所と反対方向に進むと通夜が行われている二間続きの和室（本来そのうちの一間は了一夫婦の部屋、もう一間は仏間）と玄関などがある設定。

つまり通夜の客は便所へ行くためには必ず茶の間の前を通ることになる。

茶の間から二階に通じる階段。

二階には千代子と珠子の合い部屋、康夫夫婦の寝室がある。

茶の間のふすまの奥は台所。

また茶の間の窓から（あるいは廊下から）通夜の様子が窺える設定。

家そのものへの出入りは玄関だけでなく中庭からも行われる。

1　夕方近く

喪服姿の珠子がYシャツにアイロンをかけている。
やはり喪服姿の千代子が二階から下りてくる。

千代子　……これでいいやろうか?
珠子　うわあ……姉ちゃんお母さんそっくりやが。
千代子　お母さんのやもん、これ（喪服）、喪服ぐらい買《こ》うちょけばよかった。

君江が食器などを下げてくる。

君江　そろそろ人が集まりよりますよ、珠子さんアイロン。
珠子　もうちょっと。

君江が台所へ。便所から康夫が出てくる。

康夫　珠子Yシャツ。お前らそろそろお母さんのところにおれ、家族がおらにゃ格好がつかんが。

珠子　（Yシャツに袖を通し）あつあつ、千代子扇風機こっちに向けろ。
康夫　兄ちゃんこそ向こうにおればいいやないね長男やもん。
千代子　わかっちょる、はじめての親の葬式やかいね、興奮しちょる。ちょこっと熱を冷まさんと。
康夫　知らん人ばっかりでなんか好かんね。
千代子　通夜とはそういうもんやろ。いい年して人見知りしてどうする。お、その喪服……。
康夫　お母さんの、自分のは離婚した時に置いてきたもんやから……。
千代子　気にすることない、出戻りでも胸を張って母ちゃんを送ってやれ。
康夫　お母さんの葬式にお母さんの喪服を着るとは思うちょらんかった。

君江が台所から。

君江　兄妹揃って茶の間で何しよるとですか。
康夫　兄妹揃って人見知り。
君江　あんた扇風機お客さん用にあっちに運んじょってください。
康夫　はいはい。

通夜の客が現れ。

客　あの、はばかりを。

君江　ああ、どうぞ突き当たりになっちょります。
客　どうも。
康夫　どうもご苦労様です。

客、便所へ。

珠子　誰？
康夫　知らん。
君江　あんた、はよネクタイしてください。
康夫　はいはい。

葬儀屋の高田が顔を出し。

高田　奥さん花輪のことでちょこっと、名前の並びの順番をですねちょこっと確認しちょってもらえますか。
君江　はいはい今行きます、みんなはよしてくださいよ。
高田　この度はどうも。
康夫　どうもご苦労様です。

君江と高田が去っていく。

千代子　あの葬儀屋さんどっかで見た気がする。
康夫　葬儀屋なんてみんな似た顔しちょる。

便所から客が出てくる。

客　突然のことで残念やったですなあ。
康夫　はあ、突然でした。
客　お幾つやったとですか？
康夫　六十四でした。
客　そら若かったですなあ、いっつも忙しそうに働いちょんなったですもんなあ。まっこつ、人の一生っちゅうもんは……ほしたらまた後で。
康夫　ご苦労様です。

客が去っていく。

千代子　誰？
康夫　知らん。

庭から赤シャツの賢作が入ってくる。

千代子　誰？

賢作　すまん遅なった。

千代子　賢作さん。

賢作　さすがに赤シャツじゃ表から入られん、康夫ちゃんなんか貸して。

康夫　ああ。どこに居《お》ったたと、連絡がつかんで往生したが。

賢作　鹿児島で仕事しちょったもんやから。これでん慌ててこっち駆けつけたとよ。

珠子　おじさん、はよお母さんに会《お》うてあげて。

賢作　うん……（急に込み上げて泣く）たまらんこっちゃなあ。

珠子　おじさん。

賢作　おじさんて言うな、いとこやろがいとこ。

千代子　兄ちゃん賢作さんに着替え。

康夫　ああ。

康夫が二階へ。

賢作　ひさ子伯母には俺も世話になったかいね、苦労ばっかりかけて……何でこんな急に。死因は

千代子　何ね？　苦しまんかったね？

賢作　最初寝込んだ時は過労やろうって。

千代子　働き過ぎか。

　もともと心臓が弱かったから、無理せんでよかったのに。疲れがとれんうちに、布団から出て仕事して、夜TV見ちょったら急に。

珠子　ぽっくりやったねえ。

賢作　そうか、ほしたら苦しむことはなかったっちゃね。

千代子　それはまあよかったっちゃけど、なんか死んだ実感が湧かんとよね。

珠子　TVのニュースで三波春夫の世界の国からこんにちはを聞きながら死んだとやもんね。

賢作　万博のテーマソングか、ひさ子伯母らしいにぎやかな最後やったねえ、そりゃ。最後の言葉は？

千代子　ニュース見ながら、父ちゃん、人類の進歩と調和げな……これが最後やった。

賢作　進歩と調和？

千代子　その後ぽっくり。

賢作　（泣く）そんげな立派な最後の言葉を言うた人間が今までおるやろか、感動した。

千代子　そうやろか……。

　了一が出てくる。

了一　何しちょるんかお前ら。
賢作　あ、伯父さん遅うなりました。
了一　なんかそのシャツは。
賢作　あ、すんません。
千代子　仕事先から駆けつけてくれなったと。
賢作　最後の言葉が人類の進歩と調和やったげなな。
了一　そんげなこと人に言うな。情緒もへったくれもねえが、康夫は？
珠子　二階。

二階から康夫が下りてくる。

了一　康夫、何で君江さんに全部やらせちょるんか。家の事情知ったもんじゃなきゃ、花輪の順番もわかりゃせんやろが。
康夫　だいたいのこつはあいつでわかっちょるって、はい、着替え。
賢作　サンキュウ。

高田が出てきて。

高田　どんげしましょうか？

了一　ほらはよ行かんか。
康夫　……。

康夫と高田去っていく。

了一　まっこつ、なんでん嫁に任せちょったらろくなことにはならんど。
賢作　伯父さんと同じやな。
了一　余計なこつ言うな。
賢作　（改まり）伯父さん、この度はまっこつ……。
了一　いいいいい、何も言うな。
賢作　ほしたら線香あげてきます。

賢作と千代子が去っていく。

了一　お前もはよ行け。
珠子　わかっちょる。
了一　麦茶。
珠子　はい。（台所へ）

君江がやってくる。

君江　……お父さん、お花のことですけど。

了一　ああ、お花のことやったら若い者に任せちょく。相談しながら好きなようにしてくれたら、それでいいが。

君江　そうですか、葬儀屋さんがお父さんになんか言われたって言いなるもんやから。

了一　何のこっちゃろうか。

君江　それからお寺さんのお布施ですけど、こんなもんでどんげでしょうか。

了一　そら少ねえやろ君江さん。

君江　やけど仕出しの弁当代もあるし、うちの母の時は別の宗派ですけど、こんなもんやったですよ。なんぼか足してもろてもいいですけど。

了一　……任せちょきます。

君江　やっちょきます。珠子ちゃん、あんたも葬式の仕事覚えちょくんよ。なんかの時に役に立っちゃから。あ、手紙がきちょった。（封筒を珠子に）ほしたらあと三十分ほどでお寺さんお見えになりますから、頼んじょきます。

君江去っていく。

珠子　誰の葬式で役に立つとやろ。

了一　……まっこつ。何が別の宗派か、君江さんの実家はキリストさんやろが。何が仕出しの弁当屋か、近所の手伝い断ってから、どうも気があわん。

珠子　街から来た人やから、近所付き合いは好かんちゃないと。

了一　何が街か、東京大阪に比べたら何のこつもあるか。

珠子　……。（手紙を読んでいる）

了一　何の手紙か？

珠子　いいと。

了一　お前しょっちゅう手紙がきやせんか。

珠子　文通しちょると。

了一　文通？

珠子二階へ上がっていく。

了一　何が文通か……。

了一がTVのスイッチをつける。
三波春夫の「世界の国からこんにちは」が流れている。

了一　……父ちゃん、人類の進歩と調和げな……。（涙ぐむ）

明かりが落ちていく。

2　その夜

通夜の客の酔った笑い声などが聞こえている。
峰山と宝田が神妙な顔で座っている。
康夫が相手をしている。

峰山　……人の一生とはわからんもんですな。
宝田　……まっこつ。
峰山　立派な人やったですもんな。
宝田　……働きもんで。
康夫　じっとしちょることはなかったですな、母は。
峰山　昼は食堂、夜は旅館、たいしたもんやったですな。
宝田　……まっこつ。
峰山　……。

酔った客がにやにやしながら出てくる。

客　（茶の間の雰囲気を見て真顔になり）……はばかりを。
康夫　どうぞ。

客、便所へ。

康夫　……母とはどんげな関係で？
峰山　まあ、たいした関係やないとですけど……。
宝田　……。
康夫　食堂の関係で？
峰山　どっちかと言えば旅館の方の関係で。
康夫　どんげな関係で？
峰山　……時々泊めてもらうこともあったとですけど。
康夫　……。

賢作が酔った顔を出す。

賢作　康夫ちゃん、なんしちょっとね？　みんな一緒に飲みたがっちょるが。
康夫　ああ、すぐ行くが。
賢作　お母ちゃんとのお別れやが供養供養。

康夫　はいはい。

賢作戻っていく、便所から客が出てくる。

客　どうも。
康夫　どうも。
客　いい通夜ですな、故人の人柄が偲ばるってですな。
康夫　どうも。
客　急なこつで残念やったですが、お母さんはお幾つやったとですか？
康夫　……六十四です。
客　そら若かったですな、人の一生ちゅうのは、まっこつ……。
康夫　まっこつ。
客　いっつも忙しそうに、食堂と旅館をやっちょんなったらしいですな。
康夫　ええ、食堂ちゅうても定食屋、旅館ちゅうても連れ込みでしたけど。
客　ほう、連れ込み、そうですか。
康夫　名前はサンマリンちゅう旅館ですが。
客　ああ、あの海岸沿いにある。
康夫　はい。
客　サンマリンとは洒落た名前で。

康夫　母の趣味で。
客　はあ、そうやったとですか。

君江が出てくる。

君江　あらあら、こんげなところで皆さんで座り込んで、どうぞあっちで飲んでください、通夜ですから。
客　まっこつじゃ、棺のそばでお守りせんと、夜とぎ夜とぎ、ほしたらまた後で。
康夫　どうも。

客出ていく。

君江　今の方どなた?
康夫　(首を横に振っている)……。
君江　さあ、どうぞあちらで。
峰山　……はあ。
康夫　……。

珠子がやってくる。

珠子　みんないつまで居《お》んなっちゃろか、お酒ばっかり飲んで。
康夫　おい。
珠子　なんか好かん。
君江　お通夜やから。

珠子二階へ上がっていく。

君江　すいません、まだ子供で。
峰山　いえいえ、気持ちはようわかります。本来こんげなことはごくごく身内の方だけで……娘さんですか?
康夫　いやいや、年の離れた妹で。
峰山　妹さん。
宝田　ちゅうこつは亡くなったひさ子さんの……大きくなられましたなあ。
康夫　子供の頃のことをご存じですか?
峰山　いえいえ、ほしたらあっちでお線香を、また後で。
宝田　……。

峰山と宝田が去っていく。

君江　どなた？
康夫　知らん、何か話をしたかったらしいが、さっぱり要領を得ん。
君江　お母さん随分付き合いが広かったたっちゃね。お父さん、棺の前でむっつりしちょんなるよ、知らん男の人の顔が多くて焼き餅やろか。
康夫　馬鹿なこと言うな。
君江　今の人たち、お母さんと何か関係があったたっちゃないと？
康夫　何の関係か？
君江　そんなこと私が知るわけないやないね。

千代子が出てくる。

千代子　大正琴を弾いてくれて言いなるっちゃけど、どんげしようか？
康夫　大正琴？　こんげな時に音曲はいかんやろう。
千代子　お母さんの供養になるっちゃないかって。
君江　いいっちゃないやろうか、お母さんに習うた大正琴やろ、お母さんも喜びなると思う。
千代子　ほしたらちょこっと弾いてみよ。
康夫　お前酔うちょるんか？
千代子　酔うちょらん。

康夫　派手な曲はやめちょけ、近所で母親の葬式に馬鹿騒ぎしちょったって言わるっど。
千代子　わかっちょる。

千代子、大正琴を取りに二階へ。

康夫　あいつが酔うちょるとこはじめて見た。
君江　いいやないね、素面じゃ顔を合わせられん人も多いとやろ。
康夫　出戻りやかいね。
君江　あんたもはよあっち行ってください。
康夫　うん……ここだけの話やが、不思議な気分になる。
君江　何がね？
康夫　通夜の顔ぶれ見ちょると、自分の知らん母親の姿が見ゆっごつある。
君江　そら何十年も生きちょったらいろんなことがあるでしょう。
康夫　恐ろしいような覗いてみたいような。

高田が出てきて。

高田　すいません奥さん、今のうちにちょこっつ明日の打ち合わせを。
君江　はいはい。はよ行ってくださいい、焼酎一本持ってってください。

康夫　はい。

康夫が出ていく。

高田　まず明日の朝の出立《でた》ての膳の人数をですね教えていただけますか？
君江　出立ての膳、それ本当にせんといかんとですか？
高田　まあ、この辺りの決まり事ですから。
君江　葬式の朝にみんな集まって朝飯食べるって、うちの町じゃしちょらんかったですけどね。
高田　場所場所で様々ですから、元々は農家の方の風習でお別れの飯と言われちょります。
君江　焼き場から帰ったら精進落としもせんといかんでしょう？
高田　決まり事ですから。
君江　食べて焼いて食べて、焼肉みたい。
高田　……どんげしましょう？
君江　決まりやったらやらんと仕方ないでしょ。
高田　ほしたらなるべく早く人数の方を。それから焼き場に行ってからですが、スイッチの点火者を一人。
君江　スイッチの点火者？
高田　普通は喪主の方が火葬の点火者になります。
君江　火葬場の人が火を入れるとじゃなくて、遺族が火を入れるとですか？

高田　はい、そういう決まりになっちょります。
君江　それはいやなこっちゃわ。
高田　まっこつ、皆さんどなたも嫌がります。ま、ボタンを押すだけですけど。
君江　普通は喪主が？
高田　はい、嫌がられる場合は次に近い方が。
君江　ほしたら後でお父さんに相談を。くじ引きで決めちゃ駄目やろか？
高田　くじ引き、さあ、聞いたことないです、あんまり血筋の遠い方に当たるのは、良いもんじゃないと思いますけど。仲の良くなかったご遺族も避けてください、ボタンを押す手に力が入って妙な雰囲気になりますから。
君江　わかりました、決めちょきます。
高田　お願いしちょきます。それから、その決めていただいた方に焼き場で鍵をお渡しします。
君江　鍵？
高田　お骨を拾う前に焼け具合を係の者と先に確認してもらいます。
君江　焼け具合？
高田　決まりです、皆さんでお骨を拾う時には拾いやすいように係の者が骨を砕いた状態で出てきます。その前の人の形のはっきりした状態を見てもらうわけです。
君江　もうちっと焼いてくれとか言うわけじゃないとね。
高田　違います。
君江　人の形のはっきりしたお骨ねえ、気が滅入るこっちゃ。

高田　はい。

二階から大正琴を抱えた千代子が下りてくる。
何かあったのか泣いている。

千代子　……。
君江　どんげしたとね、千代子さん。
千代子　なんでもないと……。

二階から珠子が下りてくる。

珠子　大正琴とかやめちょって。酔うちょってからみっともないが。
君江　供養やないね。
珠子　何がね。
千代子　部屋にこもって手紙ばっかり読んじょって自分こそ何ね。
珠子　関係ないやろ。

珠子、便所の中へ。

君江　すいません。
高田　いいえ。
君江　みっともないが。
千代子　（高田に）大正琴弾いたらいかんでしょうか？
高田　いいっちゃないでしょうか。
君江　いいに決まっちょる。
千代子　どっかで会ったことないでしょうか？
高田　はあ。
君江　急に何ね？
千代子　どっかで会《お》うたような気がしてから。
高田　実は名乗ろうか名乗るまいか考えちょったとですが、小学校の同級生の高田です。
千代子　高田？
高田　純一です。
千代子　純一？　ウソ、純ちゃん。
高田　本当です。
千代子　まっこつね？　馬鹿ばっかりしちょって明るかった純ちゃんやろ。
高田　仕事柄、人間が変わってしもて。
千代子　びっくり。
君江　小学校の同級生ね。そらあれやね、葬式代ちょこっと勉強してもらわんと。

高田　そんこつもあって名乗るか名乗るまいか考えちょったとですが。

賢作が出てきて。

賢作　千代子ちゃんはよ来んね、みんなお待ちかねやが。
千代子　いいやろか？
君江　いいいい、ねえ。
高田　はい、千代子さん音楽は得意やったもんな。
千代子　ほしたら。

千代子出ていく。

賢作　君江さん何かお客さんがお話があるって言いよんなるけど。
君江　私に？
賢作　酔うちょんなるから話がちょっつわからんちゃけど。
君江　何やろ。

君江出ていく。

賢作　あんたも席外してもろうていいやろうか。
高田　はい。

高田も出ていく。

賢作　……（庭へ）ほしたらこっちへどうぞ。

中庭から上原が出てくる。

上原　……。
賢作　すんません、こんなところに回ってもろて、何か込み入った話のようやったもんで。今すぐに康夫も席を外してきますので。
上原　どうも。
賢作　あんまり込み入ってるようやったら、後日また日を改めてちゅうわけにはいかんでしょうか？
上原　いい人やったですかいな、お別れはちゃんとさしてもらいます。
賢作　はあ。
上原　お別れをしたらもうお邪魔する機会もないでしょうから、金の話は話できちんとさしてもらいます。

賢作　そうですか。

康夫が出てくる。

賢作　康夫ちゃん、この人知っちょるか？
康夫　……。
賢作　上原さんて言いなるっちゃけど。
康夫　上原？
上原　この度は突然のことでまっこつ、お母さんにはお世話になりました。
康夫　はあ。
上原　上原ゆかりの亭主です。
康夫　あ、ああ。
賢作　ひさ子伯母から月々金を貰うちょんなったらしいけど、何のこつかね？
康夫　ああ、ああ。
賢作　どうした？
上原　こん人に女房を寝取られたとですよ。
賢作　寝取られた。
上原　もう五年ほど前の話になるとですが。私は漁師ですから家を空けることも多いとです。ゆかりとこん人が……今思い出してん、はらわたが煮えくりかえります。

康夫　すんませんでした。
賢作　そうでしたか、しかし何もこんな時にそんな話をわざわざしに来んでも。五年も前の話を。
上原　亡くなられたお母さんは慰謝料やちゅうて月々一万五千円ずつ、この私に払い続けてくださいました。できた方でした。
賢作　知っちょったか？
康夫　いいや。
上原　雨の日も風の日も毎月きちんと第三日曜日に。
賢作　今日ですか？
上原　はい。金が欲しくて来たとじゃないとです、お母さんの律儀さにお礼が言いたくて。五年間毎月息子の不始末の償いにきちんきちんと金を払いなさったとですから。
賢作　そんなこつがあったとですか。
康夫　お恥ずかしいこってす。
賢作　ほんでどんげしたらいいとでしょうか？
上原　どんげもこんげも、金が欲しくて来たわけじゃないとですが、今月が記念すべき最後ん支払いやったもんですから、貰えるもんやったら貰うたほうが、亡くなったお母さんもすっきりなさるっちゃないやろうかと思うて、いただけますか一万五千円。
賢作　康夫ちゃん。
康夫　あ、はい。

君江が出てくる。

君江　賢作さんお客さんて誰ね？
賢作　あら、居《お》んなれんかった？　酔うちょんなったから帰りなったたっちゃろか。
君江　酔うちょるとは賢作さんやろ。（上原に）あらあらこんげなところで何事ですか？　どうぞ上がってください。
上原　どうも。
賢作　どうぞどうぞ玄関から上がってください、間違えてこっちから入りなったもんやから、どうぞどうぞ。
上原　ほしたらまた後ほど。
賢作　ご苦労様です。

上原が出ていく。

君江　どなたね？
康夫　知らん。

客が出てきて。

客　はばかりを。
君江　どうぞ。
賢作　えろ近いですな。
客　まっこつ。（便所の戸を叩く）
珠子　（声）入っちょります。（珠子出てくる）
康夫　……お前ずっと便所におった？
珠子　おりました。
康夫　……。
珠子　込み入った話で出るに出られんかったもんですから。
賢作　まあた女の子がそんげなこと言うてから。
君江　何の話ね。
賢作　便秘の話やろ便秘便秘便秘。
珠子　好かん。

珠子二階へ上がっていく。

君江　珠子ちゃん二階ばっかりこもってどうするとね。あんたからも珠子ちゃんに言うてください、少しは愛想ようせんと。まっこつ困った兄妹や。

君江出ていく。

賢作　……君江さんにさっきの話知られたら偉いことになっど。

康夫　わかっちょる。

客　（便所から出てくる）……。

賢作　どんげしました？

客　ちょこっつ飲み過ぎました。

賢作　大丈夫ですか？

客　今もどしましたからまだまだ飲めるごつあります。

賢作　そうですか。

客　いい通夜です。

客去っていく。

賢作　とにかくはよ一万五千円渡して帰ってもろたほうがいいが。

康夫　しかし本当やろか、月々お袋が金を払いよったって。

賢作　その女と何をしたのは本当やろが？

康夫　うん。やけんどんあの女は、スナックをやりよる女で、誰とでん寝るっちゅう噂のあった女で。

賢作　うんうんそら知っちょる。ゆかりちゅう名前を聞いて俺もぴんと来た。

康夫　まさか賢作さんも。
賢作　康夫ちゃんと兄弟になっちょるとは知らんかった。
康夫　いとこやろが、あちゃあ。
賢作　とにかくしてしもうたもんは仕方がない、はよ金払うて帰って貰え。
康夫　五年も前の話やど。
賢作　一万五千円ケチってお前は死にたいとか？　これが知れたら君江さんは怒り狂うど。
康夫　なんちゅう微妙な金額やろか一万五千円。
賢作　それぐらい何とかなるやろが。
康夫　財布は君江が握っちょる、葬式でなにかと物入りやからちゅうて。
賢作　どんげするつもりか？
康夫　お袋が本当に金を払いよったかどうか調べてみよ。
賢作　どんげして？
康夫　お袋は日記をつけちょったかい。
賢作　日記。
康夫　お袋の日記を読むとは気が重いが、わけのわからん金を払うよりましやろ。
賢作　何から何まで日記に書いちょるやろか。
康夫　人に知られんように処分したかもしれんが、なにせ突然お袋は逝ってしもうたから、そのまま残っちょるかもしらん。
賢作　世界の国からこんにちはで死ぬとは思うちょらんかったやろうからな。そんで日記はどこに

康夫　あるとか？
賢作　知らん。
康夫　多分サンマリンのどこかにあると思う。
賢作　旅館か。
康夫　あそこに行くとはどうも気が重いとやが。
賢作　なして？　いい名前やが太陽と海。
康夫　名前は関係ねえやろが。

大正琴の演奏が聞こえてくる。

康夫　……母親は連れ込み旅館のおかみ、その子供の立場が賢作さんわかんなるか？
賢作　さあ。
康夫　あんまりいいもんじゃねえとよ。
賢作　そうか。
康夫　俺はまだ男やったからいいが、千代子と珠子は辛い思いもしたと思う。
賢作　そうか。
康夫　ちょうど旅館をはじめた時、千代子も珠子も物心つき始めた頃やったし。
賢作　そうか、やけんどん、それでみんなが飯を食うたっちゃろが。

康夫　うん、そらそうよ、じゃけんどん、お袋は仕事で忙しいし、母親抜きのほろ苦い飯やった。
賢作　親がおるだけまだましよ、俺なんか中学から親がおらん。
康夫　わかっちょる。
賢作　ひさ子伯母が母親代わりやった。
康夫　うん。
賢作　しっかりせんか。
康夫　うん。

宝田が目頭をハンカチで押さえながら出てくる。
峰山が後を追って出てくる。

峰山　しっかりせんか。
宝田　……うん。
賢作　どんげしました？
峰山　娘さんの大正琴を弾きなる姿を見て、生き写しやちゅうて。
宝田　まっこつ……。

二階から珠子が下りてくる。

珠子　ちょっと出てくる。
康夫　こんな時にどこに行くとか？
珠子　手紙出してくる。
賢作　こんな時間に。
珠子　郵便ポストは夜でも立っちょる。
峰山　大きゅうなられましたな。
宝田　うう。（泣く）
珠子　（康夫に）誰？
康夫　（首を横に振る）
珠子　行ってくる。

珠子が出ていく。

峰山　ほらしっかりせんか、どうも失礼しました。
康夫　いいえ。

峰山、宝田去っていく。

賢作　あの二人は誰か？

康夫　知らんとよ、珠子の子供ん頃を知っちょるらしいが。まあ、お袋が手がない時、赤ん坊の珠子を旅館に連れて行きよったが。
賢作　旅館がらみの知り合いか。
康夫　うん。
賢作　まさか。
康夫　なんね？
賢作　いやいや、まさかそんげなこつは。
康夫　なんね？
賢作　いやいや、こんげなこと口にはできん。
康夫　気になるやろが、言わんね。
賢作　……珠子ちゃんの本当の父親やないやろうね。
康夫　父親？
賢作　まっこつ恐ろしき太陽と海。
康夫　……どっちが？
賢作　知らん、しかし年格好から考えると。
康夫　……もういい、何馬鹿なこと言うとね。
賢作　じゃかい口にはできんて言うたやろが。
康夫　なんぼ賢作さんでも言うていいことと悪いこととあるやろが。
賢作　ほんでん年の離れた妹で姿形もあんまり似ちょらんってみんなが言いよったやろうが。

康夫　そんげなことは口にしたらいかん、考えただけで頭が……。

了一が出てくる。

了一　何しちょるんか？
康夫　ああ、ちょこっと明日の打ち合わせがあったもんやから。
了一　康夫、千代子のやつ何とかせんんか。
康夫　どうしたね。
了一　母親そっくりやておだてられて、酒飲まされて酔うちょるがあいつは。
康夫　いいやないね、たまにしかないことやが。
了一　しょっちゅうあってたまっかよ、通夜やど今日は。
康夫　わかっちょる。
了一　知らんやつばっかり居《お》るし。
賢作　伯父さん心配やな。
了一　何がか？
賢作　いやいや。
了一　珠子は？
康夫　手紙を出しに行った。
了一　手紙？　こんげな時間に。

賢作　何の手紙ね。
康夫　文通げな。
賢作　ああ、ペンフレンドちゅうやつか。
了一　何がペンフレンドか。
賢作　日本語で言うたら筆仲間。
康夫　何でか知らんが東京やら大阪やらいろんなところから手紙がきよる。
賢作　雑誌のペンフレンド募集で知り合うちゃろね。
了一　雑誌がそんげなことの仲介をしちょっとか？
賢作　そんげなことてどんげなことな？　売春の斡旋しちょるわけじゃないよ。
了一　馬鹿なこと言うな。
康夫　妙な時代になったもんや。
了一　まっこつ、会うたこともない男と手紙のやりとりして、何する気か。
賢作　一緒一緒、時代が変わろうが人の考えることは一緒。俺らの若い頃でん、会うたこともない女の家に、しょっちゅう夜這いをかけたやないね。
康夫　ああ。
賢作　方法が違うだけよ、新しい手が生まれると古い人間は眉をひそめるもんよ。昔、夜道をろうそく持って夜這いしよったとが、いつのまにか自転車に乗り、やがてスーパーカブにまたがり女の家に向かう。
康夫　スーパーカブ。

賢作　ろうそくで育った人間はスーパーカブには情緒がないという。伯父さんの若い頃ならもっとひどかったやろ？　女を鉈で脅してやったとやないと。

了一　馬鹿こんげな時に何の話か、通夜やど今日は。

康夫　何が人類の進歩と調和やろか。

了一　こんげな田舎で何の関係があるもんか。

賢作　スーパーカブにまたがるとが進歩、女にまたがるとが調和。

了一　馬鹿。

康夫　俺も大阪の娘と文通でもしてみっか。

賢作　おうおうそれやったら、高3コースの文通コーナーがいいが。

康夫　高3コース？　賢作さんそんげなもん読んじょっなっとな？

賢作　何事も情報が大事やかいね、今度持ってくるわ。

君江と金丸が出てくる。

君江　あらあらまたこっちに生産性のない男たちが集まりよんなると。お父さん、旅行社の金丸さんがお話ししたいことがあるって。

了一　何ね？

金丸　こんげな時に言おうか言うまいか迷うたとですが。

君江　お母さん万博の旅行を申し込んじょんなったらしいですよ。

了一　万博？　どこの？
君江　どこのって大阪の万博しかないでしょうに。
了一　ひさ子がか？
金丸　はい。
了一　いつ？
金丸　つい十日ほど前になってでしょうか。
君江　お父さんも聞いちょらんとですか。
了一　まっで知らん。
康夫　お袋一人で申し込んだとですか。
金丸　いいえ、五名様の申し込みでした。
君江　家族全員てことやろか？　お父さんお母さん千代子ちゃんに珠子ちゃんに、私。
康夫　俺は？
金丸　お名前は聞いちょらんとです。とにかく五人分手配しちょってくれと言われて、亡くなった奥さんにはこっちも旅館のことやらで世話になっちょったもんで、詳しいことは後でいいですがちゅうことでお話ししちょったとですが、そのうちに寝込まれたそうで、結局こんげなこつに。
君江　代金は？
金丸　手付けで一万だけ預かっちょります。
康夫　出発はいつになりますか？

金丸　ちょうど一月後になります。宮崎から寝台特急で。
君江　何で、誰にも言わんかったっちゃろ。
賢作　言えん理由でもあったっちゃろうか。
了一　妙な詮索はすんなよ。
君江　で、残金は？
金丸　はあ、二十万ほど残っちょります。
君江　二十万。
金丸　どんげしましょうか？　今のうちやったら取り消し料はいただかんでも何とかできるとですが、このままやったら、いただくもんはいただかんとこっちも困ることになるとですが。
君江　どんげしますお父さん。
了一　金はねえど。
君江　お葬式で物入りやし。
康夫　万博ねえ。
君江　さすが連れ込みにサンマリンて、洒落た名前を付けなった人やね、ハイカラやが。
賢作　ひさ子伯母も月の石が見たかったちゃろうかね。
了一　あんげなものは桜島にごろごろしちょる溶岩と一緒じゃて言いよったが。
金丸　どんげしましょうか？

電話のベルが鳴る。

康夫　はいもしもし大場ですが。はいはい……ああ、こりゃどうも（皆に）山下さんやが。
賢作　山下？
康夫　千代子の元亭主。ああ、もしもし、千代子と代わりましょうか。え、はあ、はあ……これからですか？　そりゃ構いませんが。（皆に）これから来なるげな。
了一　来んでんいいが。
康夫　そうですか、東京から、はあ、そうですか。（皆に）東京から最終の飛行機で来て。
君江　飛行機。
康夫　空港からバスで、今油津に着いたげな。わかりました、ほしたらお待ちしちょります。どうもご苦労様です（切る）。
了一　来んでもいいと言うたやろが。
康夫　そんなわけにはいかんやろ。
君江　どら、千代子ちゃんに報告しちょかんと。

大正琴の演奏が聞こえる。
「世界の国からこんにちは」を演奏している、やがて通夜の客の歌声も聞こえる。

了一　まっこつ。
金丸　どんげしましょうか？

了一　……。

明かりが落ちていく。

3　さらに夜は更けて

千代子、山下、芳川、君江。
珠子がお茶を入れている。

山下　……こちら東京のレコード会社の芳川さん。
芳川　芳川です、この度はどうも。
千代子　……。
君江　へえ、レコード会社ですか。
芳川　出来たばかりの新しい会社でしてまだまだです。
君江　どんな歌い手さんがいらっしゃるとですか？
芳川　バーブ白川、それからペギー鎌倉、グループではホワイトコメッツ、ザ・ライオンズなどがうちの所属です。
君江　珠子さん知ちょる？
珠子　……。
芳川　バーブ白川などは東京ではかなり有望視されているんですが。
君江　そうですか。

芳川　まだまだですが。
千代子　……。
君江　千代子さん黙っちょらんでお話を。
山下　芳川さんに来ていただいたのは君にちょっと聞いて貰いたい話があって。
珠子　山下さん標準語。
山下　もう上京して三年近くなるからね。
千代子　痒いとよ。
君江　お話って？
山下　お母さんの通夜でややこしい話をするのもどうかと思ったんですが。
芳川　山下君、作曲家としてチャンスなんです。
山下　仕事がうまくいきそうなんだ。
千代子　なんね、お母さんの通夜に来てくれたっちゃなくて、仕事の話ね。
山下　違う、偶然重なったんだ。
千代子　お母さんの死んだとと仕事が重なるてどういうこと？　仕事のついででお線香あげてくれたと？
君江　千代子さん、すいません酔うちょるもんで。別れて三年経つとは言うても、元の旦那さんやないね、話を聞いてあげんと。
千代子　……。
珠子　東京で作曲家をしちょんなると？

山下　そう、やっと念願かなって、まだ駆け出しだけど。
芳川　ペギー鎌倉の「よさこい三度笠」って曲をつい先日も録音しまして。
山下　B面だけどね。
珠子　すごいとやね。
山下　まだまだこれからだよ。
芳川　将来有望です。
君江　千代子さんやっぱり東京についてった方がよかったかも知らんね。
千代子　私は東京は好かんから。
芳川　中学の音楽教師をしてらしたそうですね。
君江　そうなんです、その時にやっぱり音楽を教えとった山下さんと知り合って。
芳川　お二人は結婚された。
君江　音楽が取り持つ二人の仲やったとですが。
芳川　山下さんは東京で本格的に音楽に取り組みたいと思い。
君江　千代子は田舎から離れたくないと思い。
芳川　音楽が縁で結ばれた二人の愛も。
君江　時の流れに引き裂かれたっちゅうことです。
千代子　人の過去を勝手に手繰らんじょって。
珠子　歌の歌詞みたい。
君江　私も歌謡曲の歌詞でも書いてみようかしら。

芳川　今度ぜひ拝見させてください。

上原が客を背負って出てくる。

客　……はばかりを。
君江　どうぞ。
上原　しっかりしてください。
客　いい通夜です。（便所へ）
君江　ご苦労様です、お知り合いですか？
上原　いいえ、あの、ご主人は？
君江　向こうにおりませんか？
上原　ええ。
君江　どこに行ったちゃろ、主人に何か？
上原　いえいえ、まあちょこっと（便所をノックし）大丈夫ですか？
客　（声）大丈夫です、声をかけんじょってください止まりますから。
上原　一人で戻れますか？
客　（声）多分無理です、待っちょってください。
君江　ご苦労様です。
千代子　……で、お話はなんでしょうか？

山下　実は今度大きな企画があって、新曲を出すことになったんだけど。
珠子　新曲。
芳川　三波春夫の世界の国からこんにちはが大ヒットしているのは皆さんもご存じだと思います。うちの社からも大阪万博に合わせた企画物としてレコードを出してみようと言うことになりまして。時代は万博ですから。
珠子　その曲を山下さんが。
山下　チャンスなんだ。
君江　万博は九月で終わりでしょう？
芳川　そこが一つの狙い目です、世界の国からこんにちはが万博の幕開けを象徴する歌ならば、我我が考えるのは万博の幕引きを象徴する歌。題して「世界の国がこんばんは」。
君江　へえ。
山下　チャンスなんです。
芳川　バーブ白川に歌わせるつもりです、うちのトップです。
千代子　バーブ白川なんて聞いたことないけど。
上原　バーブ白川って港町シリーズのバーブ白川のことですか？
芳川　ご存じですか？
上原　ムード歌謡のバーブ。大ファンです、うちの漁船のテーマソングにしちょります。
芳川　ありがとうございます。
上原　ムード歌謡と漁の仕事では間が合わんと人には言われますが、そんげなことはないです、何

芳川　でか魚がうじゃうじゃ寄ってきます。
上原　嬉しいです。
芳川　東京の音楽業界の方ですか？
上原　ええ、まあ。
千代子　すいません、余計な口を挟んで……。
山下　……で、それと私と何の関係があるとですか。
千代子　実はその曲のことなんだけれど。（上原を気にして小声で）君の曲を使わせてもらいたいんだ。
山下　は？
千代子　社長が君のメロディをすごく気に入ったらしくて。
芳川　どういうこと？
　山下さんにいくつか候補曲を出して貰ったんだですが、企画会議を通った曲があなたが作られたメロディだと言うんです。
山下　いつも君が鼻歌で口ずさんでたメロディ。
君江　千代子さんの曲がレコードになるとですか？
珠子　すごいやない。
芳川　お願いします、使わせていただけませんでしょうか？
君江　そりゃもう喜んで、ねえ。
千代子　勝手に私の曲を聴かせたわけ。
山下　そんなつもりはなかったんだけど、候補曲の頭数が揃わなくてつい。

芳川　それでもう一つご相談が。作曲者の名前は山下公康でお願いしたいのですが。
千代子　どういうことですか？
山下　頼むチャンスなんだ。
芳川　印税はきちんとあなたの手に渡るようにいたします。
君江　印税？
芳川　レコードが売れると作曲者にお金が入ります、ヒットすればかなりの金額に。
君江　すごいやないね千代子さん。
芳川　どうか彼を助けると思って、彼の作曲家としての将来のために。
山下　頼む。
千代子　お断りします。
山下　千代子。
千代子　いまさら千代子なんて言わんじょってください。
山下　チャンスなんだ。
千代子　今日はお通夜ですから、向こうに行ってきます。

千代子去っていく。

山下　……。
君江　すいません、酔うちょるもんで。

芳川　厳しそうだね。
君江　大丈夫です、こっちで何とか説得してみますから。
芳川　はあ。
上原　あの。
芳川　はい。
上原　バーブ白川のサインをもろうていただいてもいいでしょうか？
芳川　サインですか。
上原　ここにうちの住所を書いちょきましたんで。
芳川　わかりました。
上原　港町シリーズ、シリーズと言いながら第一弾で止まっちょりますが、第二弾も期待しちょりますとお伝えください。
芳川　ありがとうございます。
客　（便所から出てくる）お願いします。
上原　じゃあよろしく……印税入るとよいですね。
君江　ご苦労様です。

上原と客が去っていく。

君江　聞かれちょったみたいね。

山下　僕だって自分の曲で勝負したかったんだけど。
君江　いいやないですかそんな細かいことは、それよりさっきの印税の話をもう一度聞かせて貰えますか。
芳川　はあ……。

賢作が出てくる。

賢作　あの、ちょこっといいですか。
芳川　はい。
賢作　千代子ちゃんが話が終わったって言うもんやから、山下さん紹介して。
山下　ああ、はい、ええと、あの。
君江　千代子のいとこです
芳川　どうも。
賢作　大場賢作と言います、実は私この辺りで司会業をしとるんです。
芳川　司会ですか。
賢作　レコード会社の方だそうで、もしここいらで興行をお打ちになる際はぜひお声を掛けていただけんもんかと思いまして。
君江　賢作さん厚かましいですよ。
芳川　いえいえ、では名刺か何かいただいておきましょうか。

賢作　ありがとうございます。
芳川　主にどんなお仕事を。
賢作　大したことはないとですが、実は昨日も鹿児島のお祭りで。
君江　本当に大したことないとですよ。お祭りの余興のしきりみたいなもんです。親戚に必ず一人何しとるかわからん人間が居《お》るでしょう？　この人がそのタイプやとです。
賢作　あははは、君江さん。
君江　目立ちたがりで調子がいいだけで、ここいらの方言でそういう人間をみやがりと言います。
賢作　あははは。
芳川　九州は芸能が盛んですからね。
賢作　ま、とにかく何か機会がありましたらよろしくお願いします。
芳川　いえいえ、こちらこそ。

康夫が庭から入ってくる。

康夫　おい、大変やど。
君江　あんたどこにおんなったとね？
康夫　サンマリンが荒らされちょるごつある。
君江　あんた旅館に行っちょんなったと？
康夫　鍵が壊されちょった。

賢作　中は？
康夫　中はおじっし（怖くて）よう見らんかった。
君江　男でしょうが。
賢作　そらはよ警察に電話せんと。
君江　待っちょって先に中を確認した方がいいが、何でもなかったら笑われますよ。
康夫　ああ、うん。
君江　あんた何でこんな時に旅館に行ったとね？
康夫　ああ、いや、ちょこっつ心配になったもんやから。
君江　何の心配ね？
康夫　お袋が倒れてから休みにしちょって、誰もおらんし、不用心やから。
君江　何で今頃急に。
康夫　よし、よっしゃ、とにかく中を確かめてこよう、賢作さん一緒に頼むわ。
賢作　あ、ああ。
康夫　ほしたら行ってくる、賢作さん先に行っちょく。
賢作　すぐ行く。

康夫去っていく。

山下　僕も行きましょうか？

君江　いいといいと、男のくせに恐がりやからきっと大したことないが。あん人、何か様子が変やなかった？
珠子　……。

やや前から峰山と宝田が様子を見ている。

峰山　旅館の方がどんげかしたとですか？
君江　ああ、すいません大きな声出して。気にせんでください。
峰山　気にしとるわけじゃないんですが。
宝田　……。
峰山　はばかりを。
君江　どうぞ。
峰山　すいません。
君江　一人しか入れませんよ。
峰山　ああ、じゃあ（宝田とじゃんけんをして）私が先に。（便所へ）
宝田　……。
君江　賢作さん旅館の様子を見にいかんと。
賢作　大したことないて言うたやないね。
君江　万が一ということがあるでしょう。

賢作　……（小声で）珠子ちゃん、あの二人の男どっちかにピンと、感じるもんはないね？
珠子　何？
賢作　心がゆらゆらせんね？
珠子　何言うちょると？
君江　賢作さんはよ行ってください、うちの人一人じゃ役に立たんとやから。
賢作　はいはい。

賢作出ていく。

珠子　大丈夫やろか。
君江　金めのもんがあるわけじゃなし、何てことないでしょ。
芳川　旅館をやってらっしゃるんですか。
君江　ええ、人に言うとが憚られるような旅館ですが。

峰山と宝田交代する。

山下　亡くなったお母さんは働き者で、昼間は食堂、夜は旅館、すごい女性でした。
芳川　へえ。
君江　おかげで他の家族はまともに働かん人間になってしまいましたが。

芳川　へえ、何だか羨ましい話ですね。
君江　いいえ、なんでんかんでんお母さんに頼りっぱなし、これからは私がちょこっとみんなのお尻を叩かせてもらわにゃならんと思うとるんですよ。
珠子　そんな簡単にはいかんと思うけど、みんな筋金入りのよだきん坊やから。
芳川　よだきん坊？
峰山　この辺りの方言で面倒くさがり屋のことです。体を動かすのがよだきい、仕事をするのがよだきい、何かあるとよだきいよだきいとここらでは言います。
芳川　面倒臭い面倒臭いという意味ですか？
峰山　はい、よだきいばかりを言う人間を、よだきん坊と言うとです。
芳川　へえ。
君江　気候は温暖、海の幸山の幸にも恵まれて、一日海など眺めちょったらたいていの人間が馬鹿になるとです。
峰山　まっこつ。
山下　この辺りの時間のことを日向《ひゅうが》時間って言うんですよ。
芳川　日向時間。
山下　時間がゆっくり流れちょります。
芳川　羨ましい。
山下　こうやってたまに田舎に帰ってくると懐かしいような、不安なような。
芳川　不安？

珠子　世の中から取り残されるような気がするとでしょう？　お兄さん（言い直して）、山下さんそれが嫌で東京に行きなったとやもんね。
芳川　いいと思いますけどねえのんびりしてて。
君江　でもみんなでのんびりしちょるわけにもいかんですからね。そのしわ寄せを誰かがかぶるわけですから。私はこの土地の生まれやないもんですから、どうものんびりし過ぎちょるごつあって落ち着かんとですよ。
芳川　お生まれは？
君江　ここから車で一時間ほど北へ。
芳川　たった一時間ですか？
君江　それでも一応県庁所在地ですし、こことはかなり気性が違うとです。
珠子　東京の人から見たら一緒でしょうけど。
君江　そんげなことないわよ。珠子ちゃん東京の人がお相手やと愛想よくお付き合いできるっちゃね。
珠子　そんげなことないもん。
峰山　若者はみんな東京やら大阪やら行きたがって、今にこん土地にはじいさんばあさんしかおらんようになるっちゃなかろうかと心配しちょります。
芳川　いいところだと思いますがねえ。
山下　芳川さん、こっちに着いたのが夜だからまだ何にも見てないじゃないですか。
芳川　夜があるってのが素晴らしいですよ、東京には夜はないですからね。暗闇の中から聞こえてくる波の音、素晴らしいですよ。

峰山　そんげ思いなりますか？
芳川　思いますロマンチックです。
峰山　ロマンチックですか、田舎じゃそんげなこと言う人間はおらんですな。
芳川　気分が穏やかになります、心が解放されます。
峰山　そら嬉しいですなあ、どうです良かったらお近づきの印に目覚ましを一杯。
芳川　目覚まし？
峰山　通夜ですから。
君江　焼酎のことです。
芳川　酒のことを目覚ましと言うんですか？
峰山　今でこそ金を包むようになりましたが、ほんの前まで通夜ちゅうたら焼酎を持って集まったもんです、朝まで夜通し飲み続けるから、目覚ましと言います。
芳川　なるほど。
峰山　どんげです一杯、夜について語りましょう。
芳川　じゃあ一杯だけお付き合いさせていただきましょうか、目覚ましを。
峰山　はい。
君江　ほしたら向こうの方へどうぞ。
山下　大丈夫ですか芳川さん。
芳川　せっかくのお誘いをお断りするのも何だから。

やや前に宝田が便所から出て峰山の様子をじっと見ている。

峰山　……あ、さっきの旅館の話ですけど、警察には連絡されたとですか。
君江　いいえ。
峰山　そうですか。
君江　何かご心配ですか。
峰山　いいえ。
君江　ああそうだわ、山下さん今日のお泊まりは？
山下　特に決めてないんですけど、この時間だと両親の家は遠いし。
君江　それやったらサンマリンに泊まってもろうたらいいが。
芳川　例の旅館ですか？
君江　今閉めちょるんですが、布団はなんぶでんあるし。
山下　僕は構いませんけど。
峰山　寝床の心配もなくなりましたね。
芳川　そういうことですね。
峰山　ほしたらじっくり。
芳川　目覚ましを。
君江　どうぞようけ飲んでやってください、供養になりますから。

芳川、峰山が出ていく。

山下　大丈夫やろうか芳川さん。
珠子　お酒弱いと？
山下　好きは好きやっちゃけど……だんだん言葉が戻るね。
宝田　……。
君江　どうかなさいました？
宝田　いいえ。
君江　ご気分でも、顔色が冴えんですよ。
宝田　大丈夫です。
君江　胃薬でも差し上げましょうか？
宝田　構わんじょってください……。（泣く）
君江　あ、あの。
宝田　命はなぜ永遠ではないとでしょうか？　不滅の愛は存在せんとでしょうか？
君江　救急車でも呼びましょうか？
宝田　……失礼しました、人の死に接するとどうも感情が高ぶりまして。
君江　いいえ、飲み過ぎじゃないですか？
宝田　たいして飲んじょりません、ほしたら。

宝田出ていく。

山下　どなた？

珠子　さあ。

山下　不滅の愛だって、歌の文句でもなかなかお目にかかれません。

君江　妙な人が多いとよね、お母さんの付き合いがさっぱりわからんわ。

珠子　もしかして誰かが私の本当の父親やったりして。

君江　珠子ちゃんあんた言うて良いことと悪いこととあるとよ。

珠子　冗談やが。

君江　冗談でも。

珠子　小さい頃から拾われっ子って言われちょったよ。

君江　それは冗談でしょ。

珠子　冗談でもずっと言われちょったら気になります。親にはまるで似ちょらんし。

君江　今の人似ちょった？

山下　さあ。

君江　とにかくそんなことは言うもんじゃないとよ。

珠子　そんなに本気で言われたら余計気になるっちゃけど。

山下　田舎は何が起こるかわからないからね。

珠子　何が？

山下　東京に行ってしみじみ感じたとよ。この土地はおおらかな土地だから。東京より進んでると いうか伝統的にというか自由なところが田舎にはあるとよ。
珠子　何ね？
山下　夜がある、ロマンチックな夜がね。
君江　変なこと言わんじょってください、嫁入り前の娘ですよ。
珠子　ロマンチックな夜にどんげやってお姉ちゃん口説いたと？
君江　珠子ちゃん、お通夜ですよ。
珠子　レコードになるかも知らんていうお姉ちゃんの曲てどんなとね？
君江　ああ、そうそうどんげな曲ね。
山下　どんげな曲と言われても、いい曲ですよ悔しいけど。
君江　あきらめちょらんとでしょ、まだ。
山下　チャンスですから。
君江　ちょっと山下さん歌いなさい。
山下　今ですか？
君江　珠子ちゃん千代子ちゃんのギター持ってきて。
珠子　お通夜やよ。
君江　この曲が大場家の経済を支えるかもしれんちゃから。
珠子　お父さんに怒られても知らんから。（取りに行く）
山下　まずいですよ。

君江　大丈夫。喪主は線香の番をせんといかんから。
山下　でも。
君江　千代子ちゃんの説得は私も協力するから、まずは楽曲を知らんと。
山下　大丈夫ですかね。
君江　いいから。
珠子　はいどうぞ。（持ってくる）
君江　さあ。
山下　……まいったなあ、では。
……（歌）愛してる　愛してる
寄せる波　返す波
命尽きたとしても
変わらない夜
好きなこと信じてる
寄せる波　返す波
涙尽きたとしても
変わらない夜
二人で歩いた
月明かりの砂浜
涙尽きても　命尽きても

君江　変わりのない夜
　　　終わりのない夜……。
珠子　素敵やないね。
君江　お姉ちゃんと結びつかんごつある。
山下　人は誰でも詩人やとよ。
　　　これが世界の国からこんばんはになると……。
　　　（歌）こんばんは　こんばんは
　　　世界の国から　こんばんは
　　　祭り終わればみんな
　　　お家へ帰る夜……。
珠子　格好悪い。

了一が出てくる。

了一　何をしちょるんか？
山下　あ。
了一　死んだ母親はほったらかしで、何しちょるんか。
君江　まあまあせっかく東京から来てくださったとやから。
山下　すいません。

了一　用は済んだんか？
山下　ええ、まあ。
了一　用が済んだら長居はせんじょってくれ、世間体が悪い。
珠子　お父さん。
山下　……。
了一　別れた男がちょちょろしちょったら何言わるっかわからんど。
君江　お父さんそんげな堅いこと言わんでも、人類の進歩と調和の時代ですから。古くさいこと言うちょったら太陽の塔に笑われますよ。
了一　訳のわからんこと言うな。珠子、お前もこんげな所おらんで向こうで線香でんあげろ。母親の通夜やろが。
珠子　だって知らん人ばっかりやもん。
了一　……。
山下　お線香あげてきます。

山下が出ていく。

了一　……まっこつなんが通夜か。みんなで酔うて好き勝手なこと言いよるばっかりやが。
君江　仕方ないですよ。
了一　人は死んでしまえばそれで終わりちゅうこつやな。

君江　そんげなことないですよ、みんなわざわざ集まってくれよんなっとですから。
珠子　本当の身内だけでこじんまりできんもんやろか。
君江　人には付き合いちゅうもんがあるとやから。……ちょっと待って、私は本当の身内の中に入っちょる？
珠子　そりゃそうやろ、お兄ちゃんの奥さんやもん。
君江　元々は他人よ。
了一　そんげなこと言うたら俺も元々は他人やが、ひさ子と血の繋がりがあるとはお前ら子供だけちゅうこつになる。
珠子　そうか、通夜に他人が集まるとも仕方がないってことか。
君江　そうそう人は一人じゃ生きられんと。
珠子　お母さん今頃何を考えちょるかね。
了一　死んでまで何を考えることがあるもんか、なんも考えんでもいい。
珠子　幸せやったやろか。
了一　そんげなこと本人にしかわからん、いや、本人にもわからんやろ。
珠子　何で？
了一　たかだか六十年でなんがわかるか、あたふたしちょるうちにそれで終わりよ。
珠子　早すぎたよね。
了一　それもわからん、百年生きてん二百年生きてん結局あたふたしちょるだけかも知らん。
珠子　そうやろか。

了一　お前らが思うちょるほど時間はゆっくりとは流れちょらん。一日一日を大切に生きらんと。
珠子　お父さんがまともなことを言いよんなる。
君江　茶化さんで聞いちょきなさい。滅多にないことやから。
了一　万博とは何かと俺はさっき考えちょった。
君江　は？　何ですか？
了一　何でひさ子が万博旅行の予約をしちょったとか。
君江　何でですか？
了一　こん田舎と月の石の間には遠い遠い距離がある。そもそもロケットが月から運んできた石を寝台列車に乗って見に行くとはどんげなことか？
君江　言うちょんなる意味がようわからんですけど。
了一　大きな差があるちゅうこつよ。ひさ子はその差を見てみたかったっちゃないかと思う。
珠子　何か話がわからん。
君江　ただの観光やないとですか。
了一　何かと比べてみらんと自分がわからんやろが。
珠子　月の石と比べんでもいいと思うけど。
了一　人類の進歩を見物しながら自分を見つめ直したかったたちゃないかと思う。日々の生活に追われちょったらそういう余裕がないやろが。
珠子　誰のせいで生活に追われちょったと？
了一　そりゃあいつの性分よ、俺のせいと違う。

珠子　勝手なこつばっかり。

了一　人は自分の手が触る所でしか生きていかれん。ときどきそれがたまらんごつ不安になる時があるもんやとよ。

珠子　今日はえらい語りよんなる、酔うちょると？

了一　月の石やら電気通信館やらお祭り広場やらあいつに見せてやりたかった。（涙ぐむ）

君江　泣かんでも。

珠子　お父さん、お母さんを楽させてあげられんかったとが辛いとやろ。

了一　……君江さん、明日のことやけど。火葬場のスイッチの点火者、そんげなこと、どう考えても俺はできん。

君江　でも喪主の仕事やそうですよ。

了一　頼む、これぱっかりはどんげしてもできん。スイッチ入れたらボッて音がするやろが、耐えられん、珠子お前やれ。

珠子　いやよ。

君江　風呂の火を焚くような気分ではできんでしょうか？

了一　そんげな気分でできるか。

君江　そんげ嫌やったら仕方ないですね、そしたら次は長男やろか。

珠子　康夫兄ちゃんに押せるやろか。

了一　そっで決まり、康夫で決まり。

君江　言うてみますけど。

了一　それから明日の喪主の挨拶やけど。
君江　お父さんそれは自分でしてくださいよ。
了一　することはするが、文面が思いつかんとよ。誰か代筆をしてくれんやろか。
君江　型通りの挨拶でいいっちゃないでしょうか。
了一　その型通りが難しいやろが。
君江　いまさら代筆ちゅうても、葬儀屋さんに相談してみましょうか？
珠子　私書いちゃげようか。
君江　そうやね、珠子ちゃん手紙とかよう書きよるもんね。
珠子　それは関係ないけど。
了一　大丈夫か？
珠子　普通でいいっちゃろ。
君江　珠子ちゃんが書いてくれたらお母さんも喜びなるわ。
了一　よし、そっで決まり、珠子で決まり、うん、安心した。ほしたら、そういうことで頼んじょく。
珠子　結局自分は何もせんとやから。
君江　これぞ九州男児。
了一　ところで康夫と賢作は、顔を見らんが。
君江　ああ、二人はちょこっつサンマリンに行っちょります。
了一　サンマリン、何で？
君江　鍵が壊されちょったらしくて、誰か忍び込んだんじゃないやろかて。

了一　なんでそんげなこつはよ言わんとか。
君江　お父さんが月の石がどうしたこうしたって言いなるもんですから。
了一　関係ないやろが。

山下が出てくる。

山下　すいません手を貸してください、千代子が、千代子さんが、飲み過ぎで倒れました。
了一　まっこつ。

明かりが落ちていく。

4　さらに深夜

康夫、賢作がちびりちびり酒を飲んでいる。
金丸が茶の間のちゃぶ台に突っ伏して寝ている。
便所の前で客が毛布にくるまって寝ている。

康夫　どういうことやったっちゃろうか。
賢作　鍵は壊されちょるが、特に荒らされたあとはなし。
康夫　金めのもんは手つかずで何のために忍びこんだっちゃろ。
賢作　忍び込んだやつの目的は他にあるっちゅうこつやな。
康夫　何やろか。
賢作　俺はひさ子伯母の日記が目当てやないかと思うちょるんやが。
康夫　やっぱりそんげ思いなるか。
賢作　うん、他に考えられん、金めのもんちゅうても映りの悪い白黒ＴＶかしみの付いた布団ぐらいのもんやろが。あんげなもんは金にもならんわ、どう考えてん目的は日記、もしくは宿帳の類よ。
康夫　俺もそんげな気がする。

賢作　なんちゅうてんサンマリンは連れ込み旅館よ、人には知られたくない様々ん記録が蓄積されちょるはずじゃ。
康夫　うん。
賢作　ひさ子伯母が突然亡くなって、それが世に出るのを恐れたやつの仕業よ。
康夫　ちっと大げさな気もするが。
賢作　人間は裏で何しちょるかわからんかいね。どろどろした人間たちの地獄絵図が日記には書かれちょるっちゃないとか。
康夫　（庭に隠したみかん箱に入った日記帳の束をこっそり取り出し）……。えれ量やど、恐ろしくて読む気にならん。
賢作　とりあえず一万五千円の件を調べんと。
康夫　うん。
賢作　ここで読んだらまずいやろ、君江さんに見られたら命取りやど。
康夫　サンマリンには客が大勢泊まっちょるし。通夜の客を連れ込み旅館に泊めるっちゅう感覚が俺にはわからん。
賢作　泊まっちょるほうも落ち着かんやろうに。
康夫　君江も何を考えちょるんか。
賢作　とりあえず、港でも持ってって読むか。
康夫　うん。
金丸　うーん、うう、頭いて。

賢作　金丸さん、そんげなところで寝ちょったら風邪ひくど。
金丸　すいません、いつの間にこんげなところで……。
康夫　(便所の前の客を見て) あっちの人は大丈夫やろか。
賢作　近いから心配やっちゃろ。
金丸　水を一杯もろてもいいですか?
賢作　はいはい。
金丸　今何時でしょうか?
康夫　もう三時になりますが。
金丸　三時ですか、飲み過ぎたごつありますな、何でしたかな今日は?
康夫　通夜です。
金丸　ああ、いやもうこの度は突然のことで。
康夫　もういいですが。

二階から千代子が下りてくる。

千代子　……。
康夫　大丈夫か千代子。
千代子　話しかけんじょって……響くっちゃが。
康夫　飲み過ぎやが。

千代子　黙っちょって。

千代子便所へ入ろうとするが、入り口を客が塞いでいる。
千代子が目で指図をして康夫と賢作に客をどけさせる。
千代子無言で便所に入る。

賢作　（客を）誰かこん人？
康夫　知らん。
賢作　まっこつ。
金丸　別れた旦那さんが見えちょんなりましたな。
康夫　そんこつには触れんじょってください、微妙な問題ですから。
賢作　金丸さんはよ帰らんと奥さんが心配されますよ。
金丸　そんこつには触れんじょってください、微妙な問題ですから。
賢作　うまくいっちょらんとですか？
金丸　うまいうまくないは通り越しました、ゴビ砂漠のような家庭です。
賢作　どこも大変やな、結婚はせんごつしちょこ。
金丸　まっこつ何もいいこたないですから、男と女っちゅうのは。
賢作　飲んでください、砂漠に水を撒かんと。
金丸　はい。

千代子が便所から出てくる。

千代子　……み、水。
康夫　お前はヘレン・ケラーか。
千代子　……お父さんは？
賢作　お母さんのそばにおんなる。
千代子　……通夜がこんげ苦しいもんとは知らんかった。お父さん、少しは寝んと、身体大丈夫やろか。
康夫　最後のお別れやが、親父に任せちょけ。
賢作　さっき、ちらっと覗いたが黙ってひさ子伯母のそばに座っちょんなった。
千代子　……そうね。
金丸　千代子さん、あんたお母さんそっくりやなぁ。
千代子　そうですか。
金丸　性格も似ちょんなるっちゃろうか？
賢作　性格はどうやろうか。
千代子　母親の性格がどんなやったか考えたこともないし。
康夫　うん、そんげなこつ考えるまでもなく母親はおったっちゃもんね。
千代子　どんげな人やったっちゃろう？　お母さん。日記が残っちょるとよね。
康夫　日記、さあ、知らん。

千代子　落ち着いたら整理せんといかんやろね。
康夫　ああ。
金丸　お母さんがやりよんなった商売はこんあとどんげするとですか？
賢作　どんげするとね？
千代子　君江姉さんがやんなるっちゃろか？
康夫　うん、何か君江もいろいろ考えちょるごつある。
賢作　ああ、君江さんならがめついし商売に向いちょるが。
康夫　サンマリンを模様替えするようなこつをこないだ言うちょった。連れ込みを止めて、商人相手の宿にしたらどうかって。
賢作　ハイカラに言うたらビジネスホテルか。
康夫　うん。
千代子　そんげなこつ聞いちょらん。
康夫　子供ん頃連れ込みの子供てよう言われたやろが。
千代子　そんな話いつしたと。
康夫　お袋が倒れてから、君江が。
千代子　お母さんが死ぬって思うちょったってこと？
康夫　違う、たまたまやろが。
千代子　何かおかしいちゃないと。
康夫　誤解すんなって。

千代子　連れ込みは連れ込みでいいやないね。
康夫　ほしたらお前、宿の番できるか？
千代子　……私はしたくないけど。
康夫　そやろが、できんやろが。人を雇うほどの儲けがあるわけじゃなし、考えんといかんやろが。
千代子　……何か好かん。
金丸　大変やとですな。
康夫　身内の話を聞かせてしもて。
金丸　いえいえ。

上原が出てくる。

上原　……お父さん頭焼けそうになっちょりましたよ。
康夫　は？
上原　線香あげながら、眠かったとでしょうな、うつらうつらして、ろうそくで頭を。
康夫　黙って見ちょったとですか？
上原　ちょこっと、大丈夫です、横になられました。お母さんの横で眠っちょられます。
康夫　どうも。
上原　どんげなりましたでしょうか、例の話。
康夫　あ、いや、どんげもこんげも港へ行ってから。

上原　港？
康夫　こっちの話で。
上原　はよしてもらわんと、夜が明けます、線香の匂いが肌に染みつきます。
千代子　どんげしたと？
康夫　こっちの話。
上原　千代子さんて言うちょんなりましたな。
千代子　はい。
上原　バーブ白川はいい歌手です。
千代子　そうですか。
上原　声がいい具合に嗄《しゃが》れちょって、そのかすれた声が男と女の切ないもつれ合いを、うまいこと表現すっとです。
千代子　へえ。
上原　楽曲を提供しなればいいっちゃないかと思います。
賢作　世界の国からこんばんは。千代子ちゃん、ものは試しやがやっちみれ、儲かるかも知らんど。
千代子　お父さんの様子見てくる。

千代子出ていく。

上原　はばかりへ。（便所へ）

康夫　まだおったとやね。
金丸　今のは確か上原ゆかりの亭主ですな
賢作　知っちょんなりますか？
金丸　ええ、どっかで見た顔やとは思うちょりましたが。
賢作　まさか金丸さんも。
金丸　いいえ、何の話ですか？　まさか皆さんも。
賢作　いいえ、何の話ですか？
金丸　噂は聞いたことがあります、女房を使って小遣い稼ぎをしちょると。
康夫　やっぱり。
金丸　心当たりがありますか？
康夫　いいえ、そちらは？
金丸　いいえ。
上原　（出てきて）……スイッチの点火者をやんなるらしいですな。
康夫　は？
上原　さっきお父さんがちらっとそんげなことを。
康夫　何の話ですか？
上原　火葬場で火をつける係です。
賢作　ああ、あれ康夫ちゃんがやるんか？
康夫　聞いちょらん。

上原　辛い役回りです。
康夫　聞いちょらん。
上原　ボタンを押すとボッちゅう音がするらしいです。
金丸　気の滅入るこってすな。
上原　うちの女房が死んだら俺が押すことになるとでしょうな。
康夫　……。
上原　どんげな気持ちでボタンを押すとでしょうな。
康夫　さあ。
上原　（歌）……女心に火をつけて　消すに消されぬ恋心　いっそこのまま　燃え尽きてしまえ
　　　ああ　港の女……。
賢作　バーブ白川ですか？
上原　はい……女房は恋多き女です。
康夫　……。
上原　女房を寝取った男んところに顔を出すとは、恥ずかしいことやと思うちょります。しかし、
　　　いっこいっこ、けじめをつけちょかんと、身も心ももたんとです。
康夫　ご苦労様です。
上原　おたくのお母さんは立派な方でした。毎月毎月、新聞代でも払うようににっこり微笑まれて
　　　「ご苦労さんやね」とあたたかい言葉を。こっちもついつられて清々しい新聞少年のような
　　　気持ちになって。人の心のわかるいい方でした。

賢作　人の愚かさを知り尽くしちょんなったとやろうね。
上原　しっかりボタン押してあげてください。
康夫　聞いちょらん。

珠子が二階から下りてくる。

康夫　まだ起きちょるんか。
珠子　お父さんの挨拶文書きよるっちゃもん、喉乾いた。
康夫　何でそんげなことをお前が。
珠子　頼まれたから。
康夫　君江は？
珠子　上で寝ちょんなる、ちょっと休んでお父さんと交代するって言うちょんなったよ。
康夫　そうか。
金丸　あんたお母さんにはひとっつも似ちょらんねえ。かと言ってお父さんに似ちょるわけでもないし。
珠子　橋の下で拾われたとでしょうか？
康夫　こら、そんげな軽口は言うもんやないど。
金丸　子供ん頃はそんげなこつが気になったもんでしたなあ。
珠子　気にするように大人が仕向けなるもんですから。

康夫　お前はもう立派な大人やろが。
上原　まっこつ、娘さんの気持ちはようわかります。くだらんことを言うゲスな人間が多いですから。うちにも子供が三人おりますが、見事に父親の俺には似ちょらんです。三人ともまったく別の顔をしちょります、人はそれを見て好き勝手なこつを言います。「誰の子供やろか」と、傷つくとです、まっこつ。
康夫　お宅とはちょこっと内容が違うとじゃないでしょうか。
上原　何がですか？
康夫　いいえ。

芳川が庭へ駆け込んでくる。

芳川　助けて、助けてください。
賢作　何ですか、どうしたとですか？
芳川　襲われました、旅館で。
賢作　誰に？

続いて峰山が駆け込んでくる。

峰山　……こんばんは。

芳川　この男です、何がこんばんはだ。
康夫　何したとですか？
峰山　誤解です、誤解やが。
芳川　何が誤解だ、私の布団に忍び込んできたじゃないか。
康夫　布団？
芳川　おかまだ、この男はおかまだ。
峰山　違う、誤解です。
芳川　おかしいと思ったんだ、飲んでる時に妙にすり寄ってくるし、変な目つきで私のことを見るし。
峰山　あれは目にゴミが。
芳川　片目をつぶってこうやったじゃないか、今考えればあれはウィンクだったのか。ああ、気持ち悪い。
峰山　……。

君江が下りてくる。

君江　どんげしたとですか？
賢作　芳川さんが旅館で……。（耳打ちする）
君江　え、おかま。
峰山　違います、そんげなことあるわけないやないですか。

芳川　右手だ、右手から入ってきたんだ。布団の中にそうっと、まず肩を触って、その手をゆっくり腰まで。
峰山　そんげなことは言わんじょってください。人の気持ちを傷つけんじょってください。
芳川　何を言ってる、自分が被害者みたいなことを言って。
峰山　人が人を好きになったらいかんとでしょうか?
芳川　お、田舎のおかまが開き直った。
峰山　そんげなことを言うな。
芳川　気持ちの悪いことを言うな。

峰山と芳川がもみ合う、みんなが「やめんか」「やめちょけ」と止める。

峰山　気のある素振りを見せたやないね。
芳川　冗談じゃない、誰がそんなことを。
峰山　憎らしか。
君江　えらい災難でしたな。
芳川　冗談じゃないですよ。東京にもこの手の人間はいますが、まさかこんなところでこんな目に遭うとは。
君江　田舎の土産やと思うてこらえてください。
芳川　いい土産ができました、ま、笑い話のネタにでもしますか。

峰山　……。（涙ぐむ）
上原　そんな泣かんでもいいですが。
賢作　気があると思うて押し倒して恥をかく、そんげなことはようあること。
金丸　相手が男でん、女でん一緒やな。
康夫　まっこつ。
君江　なに呑気なこと言うちょるとですか。
賢作　さ、悪い男に引っかかったと思うて、しっかりしない。
峰山　ありがとうございます。
芳川　ちょっと被害者はこっちですよ。
君江　すいません。
上原　ハンカチ、涙を拭きない。
峰山　こんげ優しくされるとは思うちょらんかったです。
金丸　他人事とは思われん。
峰山　こんげなこと誰にも理解してもらわれんことやと思うちょりましたが。
上原　恥ずかしいこっちゃない。漁師なんか長い航海に出たら魚相手に欲情するっちゃから。
賢作　男も女も人も魚もみな一緒。
芳川　田舎は進歩的だなあ。
君江　馬鹿な話はやめちょってください、若い娘も居《お》るとですから。すいません、馬鹿ばっかりで。
珠子ちゃん二階に上がっちょきなさい。

山下がやってくる。

山下　大変です。
君江　どんげしたと？
山下　旅館で首つりです。
康夫　首つり？
山下　（峰山に）お宅のお連れさんです。
君江　人んちの葬式で自分が死ぬことないやろうに。
賢作　死んだとか？
山下　ヒモがすぐに切れたみたいで大丈夫です、意識ははっきりしてます。寝ちょったら隣の部屋で突然どすんて音がして、とにかくすぐに来てください。
峰山　はい、はい。
賢作　珠子ちゃん、あんたも行った方がいい。
珠子　なんで？
賢作　珠子ちゃんの本当の父親かも知らん。
君江　賢作さん。
康夫　どさくさに紛れて何言うちょんなるとか。
賢作　最後の対面になるかも知らんやろが。

君江　いい加減なこと言うたらいかん。
山下　とにかく急いでください。
峰山　はい。
珠子　行ってくる。
康夫　珠子。
君江　まっこつ、なんちゅう通夜やろか。

金丸、上原、芳川、客を残して皆出ていく。

客　(目が覚めて)……何事ですか。
金丸　人が一人死にかけちょるそうで。
客　ほしたら、また飲まんといかんですな。
金丸　はあ？
客　目覚まし目覚まし、さ、飲み直しましょう。

明かりが落ちていく。

5　翌朝

了一、千代子。

了一　（新聞を読んでいる、あくびをして）……万博の入場者、六千万人を超える見込みげな。

千代子　（あくびをして）……へえ。

了一　六千万とはどんげな数かね？

千代子　知らん。

了一　港ん花火大会は何人ぐらい人出があるっちゃろか？

千代子　一万人ぐらいやろ。

了一　ちゅうこた……六千倍か、えれこっちゃ、花火大会でん人出に目が眩むとに。六千万人が動く歩道で移動しちょったらえれ眺めやろね。

千代子　いっぺんに乗るとやないっちゃから。

了一　昔漁師をしちょる頃鰯の大群を見たことがあるが、あれはどんくらいの数やったっちゃろうか？

千代子　知らん。

了一　マグロに追われて狂ったごつ鰯が泳ぎよった、えれ眺めやった。

千代子　（あくびをして）どんげでんいいが、そんなこと。
了一　うん……お茶。
千代子　何でお父さん漁の仕事続かんかったとね？
了一　船は揺れるやろが、船酔いするとよ。
千代子　情けねえこつ。
了一　食ったもん吐いて、胃液を吐いて、最後は血を吐くとやど。
千代子　康夫兄ちゃんも同じこと言うちょったね。
了一　親子よ、揺れるとには向いちょらん。
千代子　市場からの魚の荷出しは？
了一　あれもトラックでやるごつなったやろが、揺れるとよ。
千代子　道路ん仕事は？
了一　機械持たされるやろが、振動が凄いとよ。
千代子　……お母さん、大変やったろうね。
了一　男の人生は揺れ続けやかいね。
千代子　何が。
了一　……動く歩道は揺れるっちゃろうか？　動く歩道で気持ちが悪なって、吐いた人間はおらんとやろか？
千代子　知らん、万博行きたいと？　どんげすると旅行の話？
了一　……知らん。

首に包帯を巻いた宝田が出てくる。

宝田　おはようございます……はばかりを。
千代子　どうぞ。
宝田　……。（便所へ）
了一　首に包帯巻いちょったど、どんげしたとか？
千代子　旅館でヒモにぶら下がって揺れちょんなったげな。
了一　なんのこつか？
千代子　詳しいこつは知らん、男の人は揺れなるっちゃろ。お父さん、どんげするつもりね？
了一　何が？
千代子　君江姉さんがいろいろ考えちょんなるごつあるけど、全部任せちょったらいかんとやないと。
了一　何が？
千代子　サンマリンのこつも、食堂のこつも。
了一　そんげなこつは葬式が終わってかいじゃ。
千代子　頼りにならんちゃから。

高田が出てくる。

高田　おはようございます。
了一　ご苦労さんです。
高田　夕べは少しは休まれましたか？
了一　まあ、ちょこっつ。
千代子　ろうそくで頭焼いたとよ。
高田　ご苦労様です、喪主の挨拶の方は準備されたでしょうか？
了一　大丈夫です、ちゃんと頼んじょります。
高田　下読みされて練習された方がいいと思います。しどろもどろになられる方もいらっしゃいますから。
千代子　見せ場やもんね。
了一　わかっちょる、見せ場ちゅう言い方があるか。

君江が出てくる。

君江　高田さん仕出し屋さんが来なりましたよ。
高田　ほしたら、お別れの飯の準備ができましたらお声をおかけしますので。
千代子　みんな二日酔いで朝飯どころじゃないかもしれんよ。
君江　みんなまだ起きらんとね？
千代子　声はかけたっちゃけど。

君江　何しちょるとやろか。
高田　旅館の方に泊まられた皆さんは大丈夫ですか？
君江　旅館に泊まったとが十人……。
宝田　……（出てくる）どうも。
君江　どうも、もうすぐ出立ての膳ですので。
宝田　どうも。

宝田が出ていく。

君江　一人死にかけたとですけど、旅館の方は全員揃ちょります。
了一　死にかけたとはどういうことね？
君江　男同士の恋愛感情のもつれやそうです。
了一　何かそりゃ。
君江　ようわかりません、起こしてきます。

君江が二階へ。

了一　まっこつ、大体あんげな所に客を泊めるとがいかん。あんげな所で落ち着いて寝られるもんか。
高田　どうしてですか？

了一　布団の横の壁に鏡が張ってあるとよ、何かと思うわ。
高田　くくく（笑う）。
千代子　何が可笑しいと？
高田　あ、いや。
千代子　葬儀屋が笑うたらいかんちゃないと。
高田　すいません。
千代子　思い出した、高田君、子供の頃連れ込みの子供ちゅうていじめてくれたね。
高田　何も今頃そんげなことを。
千代子　笑い顔で思い出したが。
高田　そんげなこと言うたら私も子供の頃葬儀屋の子供っていじめられましたよ。
千代子　そうやったっけ？
高田　あんたひどかったよ。
千代子　覚えちょらん。
高田　俺のこと、死神博士て言うちょったよ。
千代子　そんげなこと私が言うた、ウソやろ？
高田　本当やが。
千代子　やったら謝る、ごめんなさい。
高田　なら私も謝ります、すいませんでした。
了一　ままごとかお前たちゃ。

高田　ほしたら準備してきます、支度しちょってください。
了一　よろしく。

高田が出ていく。

了一　いい青年やが。
千代子　そうやろか？
了一　仕事柄、気がきいちょる、心遣いがある。
千代子　苦労したとやろうか。
了一　彼は結婚しちょるっちゃろか？
千代子　知らん、全然付き合いないもん。
了一　揺りかごから墓場までちゅう文句があるが、連れ込みから葬式までちゅうとはどんげやろか？
千代子　何言うちょると？
了一　お前とあん青年が結婚したら一大産業に発展するっちゃなかろうか？
千代子　お父さん。
了一　久しぶりに父親が建設的な意見を言うちょるとやど。
千代子　止めちょって、二日酔いで頭がぐらぐらするとに。
了一　年老いて見る二日酔いの我が娘、あんまりいいもんやないど。

千代子　男ばっかり揺れちょるわけじゃないとやから。
了一　そりゃそうや。

山下が出てくる。

山下　おはようございます。
了一　……どら、着替えてこよ。

了一出ていく。

千代子　……夕べはいろいろ大変やったそうやね。
山下　……まっこつ。
千代子　連れの人たまがりなったやろう？
山下　うん、別の文明に触れたようだと言うちょった。
千代子　素晴らしき世界旅行みたいなこつ言うて。
山下　どうだろう、夕べの話、考えてくれないかな。
千代子　また、そんこつね。
山下　やっぱり嫌か？
千代子　私にも思い出ちゅうとがあるとよ。

山下　わかるけど。
千代子　何が世界の国からこんばんはね。ちゃんちゃら可笑しいが。
山下　……。
千代子　私の曲なんか当てにせんで、自分で何とかせんね。そんつもりで東京行ったとやろ、別れた女を当てにしてどんげするとね。格好悪いが。
山下　まっこつ……東京に来んか？　東京に来い、お前東京に来い。
千代子　東京は好かんて言うちょるやろ。
山下　この際はっきり言うてくれ、東京が好かんのか？　俺が好かんのか？
千代子　あんたのような人が行きたいという東京が好かんとよ。
山下　……その言葉よう噛みしめてみる。

君江が下りてくる。

君江　まっこつだらしない人たちゃが。
山下　おはようございます。
君江　あら、お邪魔やった？
山下　いいえ。
君江　お父さんは？
千代子　着替えちょる。

君江　これ喪主の挨拶げな、お父さんに渡しちょって。

康夫と賢作が下りてくる。

山下　おはようございます。
賢作　ああ、夕べは大変やったな。
山下　ご苦労様でした。
賢作　おかげで目があかんが。
康夫　お茶。
君江　はいはい。
賢作　珠子ちゃんは？
君江　まだ上で寝ぼけちょる。
康夫　賢作さんが実の父親とか言うかい興奮したっちゃろ。
君江　まっこつ、思いつきでそんなこと言うたらいかんわ。
賢作　すまんすまん反省しちょる。じゃけんどん、まさかあん二人が恋人同士とは思わんかったやろうが。
君江　もうそん話は止めてください、気色悪いが。

峰山と宝田が出てくる。

峰山　……夕べはまことにご迷惑をおかけしました。
康夫　大丈夫ですか首？
宝田　はい。
君江　恋愛感情のもつれはもうほどけたとですか？
峰山　まだ怒っちょるとですが。
宝田　そんげなこと言わんじょって、恥ずかしが。
賢作　浴衣のヒモが古かったとが幸いでしたなあ。
君江　洗濯のしすぎでガーぜんごつなっちょったから。
峰山　もうそん話は。お連れのレコード屋さんは？
山下　海の方をちょっと散歩してくるって言ってました、こっち来たの初めてなもんで。
峰山　ご迷惑をおかけしたことを一言お詫びしちょこうかと思いまして。海ですか。
康夫　行かんでいいですが、またややこしいことになったら困りますから。
宝田　まっこつ。
峰山　お恥ずかしいこってす。本来ならこんげな恥をさらしてしもうて、今日はもうお邪魔するとはやめちょこうと思たとですが、こん男（宝田）がやっぱりお母様にお別れをしたいちゅうて。
君江　ありがとうございます。
宝田　本当にお世話になりましたから。こんげな日陰者をあの方は妙な目で見ることもなく接してくださいました。

康夫　二人でようサンマリンに泊まっちょんなったげな。
千代子　へえ……。
賢作　想像したらいかん具合が悪なる。
宝田　愚痴を聞いてもろうたり相談に乗ってもろうたり。あんげな方はおらんかったです、人に知られたら死なんといかんと思うちょりましたから。
賢作　大げさな。
峰山　大げさじゃありません、こん男が首を吊ったとはそんこつもあったとです。
宝田　お母様がお亡くなりになって二人の秘密がばれるっちゃなかろうかと案じておりました。
君江　どうしてですか？
峰山　お母様のつけちょんなった日記やら宿帳やら、人目に触れるとやないかと思いまして。
康夫　あ、もしかして。
峰山　すいませんでした、旅館の鍵を壊したとは我々です。
康夫　そうやったとですか。
宝田　すいません。
康夫　気にせんじょってください、正直に言うてもろて助かります。
宝田　隠し事ばかりの人生やったもんですから。
康夫　お二人のことは決して他言はしませんから。
峰山　ありがとうございます。
賢作　（小声で）もう二、三人話してしもたけど。

峰山　夕べも優しい言葉をかけてもろうて感動しました。流石はお母様のご家族やと、二人で感じ入っちょりました。

芳川が庭から入ってくる。

芳川　あ、おかま。
山下　芳川さん。
峰山　……ほしたら、また後ほど。
宝田　……。

峰山と宝田が出ていく。

芳川　おはようございます、あの人（宝田）僕のこと睨んでなかった？
賢作　焼き餅焼き餅、もてもてですな。
芳川　夕べはちょっと飲み過ぎました、お恥ずかしい。
君江　海はどんげでしたか？
芳川　きれいな海でした、あの海を見てたらあくせく働くのが嫌になりますね。
君江　馬鹿にならんごつ気をつけちょってください。

金丸が出てくる。

金丸　おはようございます。
君江　ご苦労様です。
金丸　いま座敷で夕べのおかま事件の顚末を線香をあげがてらみんなに話しちょったら、あの二人まだ居《お》ったとですな、驚いた。
君江　そんげな話線香あげながらせんでも。
康夫　金丸さん、あんまり他言せんじょってください。
金丸　今朝家で家族に話して聞かせたら久しぶりに茶の間に笑いが戻りました。
康夫　こらいかん、明日には町中に知れ渡っちょる。
金丸　いかんかったやろか。
賢作　こんげなこと黙っちょるとは無理やろ。
康夫　せっかく二人が感動しちょったとに。
芳川　（先ほどから庭に隠してある日記の束が気になっている）……これは何ですか？
康夫　あ。
君江　何でしょうか？
芳川　何かの帳面ですか？
康夫　忘れちょった、いかんいかん、ゴミを捨てようと思て、そのまんま。
君江　何ね？

康夫　（庭に下りて）どら今のうち捨ててこよ、忘れちょった、まっこつ。
君江　今そんげなことせんでも。
康夫　いいがいいが、忘れちょった、まっこつ。

康夫日記を持って出ていく。

君江　何やろか？
賢作　何やろかね？
君江　何か怪しいごつある。あん人が結婚以来ゴミを捨てるとこなんか、見たことがないが。
賢作　母親の死で心を入れ替えたっちゃろか。

高田が出てくる。

高田　奥さん膳の配置を確認しちょってもらえますか。
君江　はいはい、賢作さん隠し事しちょったら承知せんかいね。
賢作　何もしちょらんが。

高田と君江出ていく。

芳川　何か余計なものを見つけてしまったでしょうか？
賢作　いえいえ気にせんじょってください。
千代子　賢作さん、あれまさかお母さんの日記やないやろね。
賢作　知らん知らん。
金丸　日記て何ね？
千代子　旅館でお母さんがつけちょんなった日記があるもんやから。
金丸　旅館のこととか書いちゃるとね？
千代子　何が書いてあるかは知らんけど。
賢作　日記ちゅうぐらいやから日々のあれこれが書いちゃるやろね。
金丸　日々のあれこれ、そらもしかして、この田舎町をパニック状態にしやせんね？
千代子　何で？
金丸　人目に触れたらいかんことも書いてあるちゃないと。
賢作　あんた旅館で書かれちゃいかんこととかしたとね？
金丸　いいえ。
千代子　まっこつ、みんな何しちょんなるかわからんとやから。
金丸　ああ、そうそう、万博のことどんげしなるちゃろか？
千代子　そんげなことはお父さんに直接聞いてください。
金丸　そやね、ほしたら後ほど。

金丸出ていく。

芳川　万博に行かれるんですか、エキスポ'70。
千代子　わかりません。
芳川　大変ですよ人間ばっかり、月の石を見るのに二時間、うんざりしました。
千代子　そうですか。
賢作　はあ、行かれたとですか万博。
芳川　歌の企画もあったもんですから。（山下に）どう、話進展した？
山下　……いいえ。
芳川　時間切れかな、夜には東京に戻らなきゃいけないし。
賢作　まだ意地張っちょるとね？
千代子　意地なんか張っちょらん。
山下　東京東京と言いよる男は好かんそうです。
千代子　女の気持ちもわからんような男に歌なんか作れませんよ。
芳川　……ごもっとも。

了一が出てくる。

千代子　……挨拶文。（了一に渡し）

千代子出ていく。

了一　……。
山下　告別式が終わったら帰りますから。
了一　そうね。
山下　じゃあ、芳川さん向こうに行きましょう。
芳川　あ、ああ。

山下と芳川が出ていく。

賢作　伯父さん、そんな冷たくせんでも。
了一　東京東京と言う男は好かん。
賢作　そうね、やっぱ親子やね。
了一　何がか。
賢作　同じようなことを言うちょるらしいが。千代子ちゃん東京に行かんかったとは、伯父さんに気を使うたっちゃないとね。
了一　何で気を使うか。
賢作　千代子ちゃんひさ子伯母に似ちょる所があるから、伯父さんほったらかして、東京に行く気

了一　はせんかったちゃないと。
賢作　わかったようなこつ言うな。
了一　人の一生はあっちゅう間よ、伯父さんが一番わかっちょるやろが。
賢作　お前人に偉そうに意見できる人間かよ。
了一　そんげ言われたら言葉がねえけんどん。
賢作　千代子はまだなんぶでん、可能性があるとよ。こん田舎で一大産業を発展させるかもしれんど。
了一　何言うちょんなっとね。
賢作　うるさい、お前もう黙っちょれ。
　　　はいはい。

康夫が戻ってくる。

賢作　おお、どんげした？
康夫　……とりあえず神社の茂みに隠してきた。
賢作　君江さんに感づかれよっど。
康夫　どんげかせんとえれこっちゃ。
了一　何ごそごそ言いよっとか。
康夫　なんでんないと。

上原が日記の束を持って庭から出てくる。

上原　おはようございます、これ忘れなったちゃないですか？
康夫　あ、ああ。
上原　見ちょったら神社んところで。
康夫　どうもこらどうも、いやいやどうも。（受け取る）
了一　何かそら。
上原　今日もお世話になります。
賢作　朝からご苦労さんです。
上原　例の件は？
康夫　ああ、そんこつはまた後で。
賢作　どうぞどうぞ、表から上がってください、もうじき始まりますから。
上原　ほしたら後ほど。
康夫　どうもどうも。

上原出ていく。

了一　何ごつか？
康夫　なんでんないと、なんでんないなんでんでんない。

了一　どっかで見たことのある男やが。
賢作　まさか伯父さんも？
了一　何の話か？
賢作　なんでんない。
康夫　親父、一万五千円持っちょらんか？　貸してくれ。
了一　そんげな金があるもんか、誰に言うちょるとか。
康夫　賢作さん。
賢作　誰に言うちょるとか。
康夫　そやろね。
了一　身内に金の相談はすんな、気が滅入るだけやが。賢作、ちょっと聞いちょってくれ。
賢作　何ね？
了一　喪主の挨拶。
賢作　ああ。
了一　妙なところがあったら言うちくれ、お前プロやろが。
康夫　当てにゃならんど。
賢作　いいど、喋ってみない。
了一　……前略。
康夫　は？
賢作　喪主の挨拶で前略はねえやろ。

康夫　いきなり省いてどんげするとね。
了一　……前略、母の通夜で嫌なことがあったのよ、酔っぱらいばかりで嫌になります。
康夫　なんねそれ？
賢作　みんなが気ぃ悪うすっど。
了一　本当の父親という人まで現れ……。
賢作　あ。
了一　結局それは間違いでしたけど、ひどい話です。恥ずかしい話ばかりでこれ以上書く気もしません、お母さんが可哀相です、田舎は嫌です、今度また大阪の話を教えてください。

珠子が慌てて二階から下りてくる。

珠子　間違えた、（了一の読んでいる手紙を奪い、別のを渡す）こっち。
了一　……本当の父親とは何か？　俺は偽物か？
賢作　伯父さんすまん、それは俺が勘違いして、何でんなかったと。
了一　珠子、本当の父親やないと思うちょるんか？
賢作　伯父さん俺が悪いとて。
了一　どんげか珠子。
珠子　思うちょらんけど。
了一　けど何か？

珠子　みんなだらしないっちゃもん。
了一　何て。
珠子　だらしないと。
了一　知らん男と手紙のやりとりしてそんげなこと言えるか。
賢作　伯父さん堪えちょきねんか。
了一　そんげ田舎は好かんか？　そんげ都会がいいとか？　何が人類の進歩と調和か？
珠子　言うちょんなることがわからん。
了一　旅行社の金丸を呼べ。
康夫　何で？
了一　こん奴どんに人類の進歩と調和を見すっとよ。
賢作　落ち着きなれんか。
康夫　金は？
了一　金は貸しちょけ。
康夫　誰に言うちょるとね。
了一　……まっこつ。

君江が出てくる。

君江　また男たちが揃うて何しちょるとですか？　準備ができましたから、はよ行ってください……

賢作　何かしたとですか？
康夫　喪主の挨拶の練習しちょったら、あまりに感動的やったもんやから。
了一　ほら親父、行くど。
　　わかっちょる。

賢作、康夫、了一出ていく。

君江　何ね？
珠子　……お母さんどんげな気持ちであん男たちの面倒見ちょんなったっちゃろ。
君江　急にそんげなこと言う。
珠子　マリア様やろか。
君江　マリア様？
珠子　なんでん受け入れて。
君江　男に都合が良すぎるが。
珠子　うん……港町のマリア様に線香あげてこよ。
君江　十字きったら坊さんが気ぃ悪くすっよ。

珠子が出ていく。

君江　お母さんがマリア様なら、私は誰やろか……。

君江出ていく。
ややあって庭に客が出てくる。
茶の間に誰もいないのを確かめるようにきょろきょろしている。
骨箱を抱いた康夫がこっそりと出てくる。
客、一瞬隠れようとするが康夫に見つかる。

客　どうも。
康夫　こんげな所で何を？
客　ちょっと遅れてしもうたもんですから。
康夫　もう出立ての膳がはじまっちょりますから、どうぞ表から。
客　すいません、夕べはいい通夜でした。
康夫　ありがとうございます。
客　ほしたら後ほど。
康夫　ご苦労様です。

客が出ていく。

康夫　……誰やろか？

康夫が骨箱の中にひさ子の日記を詰め始める。
泣きそうな表情で日記を詰めている。
明かりが落ちていく。

※この暗転中に読経、棺桶に釘を打つ音、霊柩車のホーンなどの音があってもよいかと思う。またそれらの音に絡ませ、例えば和紙にくるんだ茶碗を割るなどの、死者との別れを現す象徴的な短いシーンがあってもよいような、なくてもよいような……。

6　出棺後

千代子が大正琴で例の曲をつま弾いている。

千代子　愛してる　愛してる
寄せる波　返す波……。

千代子が時計など見て時間を気にしている。
高田が出てくる。

高田　余ったお花どんげしましょうか？
千代子　近所に配るって言うちょんなったけど。
高田　ほしたらバケツに入れちょきます。お骨をお迎えする祭壇のこしらえは終わっちょりますんで。
千代子　ご苦労様……仕事の口調は何か変やが、同級生やとに。
高田　仕事やから。
千代子　遅くないやろか、みんな。
高田　焼けるとに二時間ぐらいはかかるかいね。なかなか予定通りにはいかんかったりするし。

千代子　たった二時間で焼けるとやね。

高田　俺の親父の頃は一日仕事やったらしいけど、お骨拾いは翌日。

千代子　へえ、二時間じゃ映画一本見ちょる間やね。

高田　東京あたりの最新式の焼き場やったら一時間ぐらいらしいけど。

千代子　そんな早いとね。

高田　亡くなる人も多いちゃろ、はよ焼かんと間にあわんちゃろね。

千代子　へえ……六千万人が動く歩道に揺られながら最新式の焼き場に向かう姿が今頭に浮かんだ。

高田　何ねそれ？

千代子　何でんないと、君江姉さん点火だけ見て先に戻るって言うちょったけど。

高田　何かあったら電話をしなるやろ。

千代子　康夫兄ちゃん無事に火をつけたやろか？

高田　そんげ心配やったら、焼き場に行けばよかったとに。

千代子　何か好かんちゃもん、まだ小さい頃ばあちゃんの葬式で、なんちゅう怖いところやろかと思うて。

高田　まあ、そやね。

千代子　高田君えらい仕事しちょるね。

高田　仕事やもん。

千代子　もう慣れた？

高田　慣れたと思う時もあるし、慣れちょらんと思うこともある。

千代子　そやろね、人の別れに立ち会うちゃもんね。
高田　いろんな人がおるし、田舎やからたいがいどこの葬式でも知っちょる人に会うし。
千代子　大変やね。
高田　仕事やから。
千代子　お母さんは旅館の仕事、慣れたっちゃろか？
高田　……人の出会いに立ち会うっちゃもんね。
千代子　そんげないいもんやないが。
高田　慣れたと思うこともあったやろし。
千代子　慣れちょらんて思うこともあったやろね。
高田　いろんな人がおるかいね。……（大正琴）お母さんに習うたとね？
千代子　うん、お母さん本当は音楽の先生になりたかったげな。
高田　へえ。
千代子　本気かどうかわからんけど、学校も行っちょらんとに、気休めやろか。
高田　一応、意志は継いだわけやね。
千代子　中途半端で終わったけど。
高田　何か弾いてん、さっき弾いちょったやつ。
千代子　聞こえちょった？
高田　うん。
千代子　……（歌）好きなこと信じてる

寄せる波　返す波
涙尽きたとしても
変わらない夜
二人で歩いた
月明かりの砂浜……。

山下と芳川が出てくる。

山下　……火葬場からみんなが帰ってくるまで待ってようと思ったけど。飛行機の時間間に合わなくなりそうだから。
千代子　そうですか。
芳川　おかまに触られ損でした。
千代子　ご苦労様でした。（無視して大正琴を弾く）……愛してる愛してる……高田君この曲あんたにあげる。
高田　……え。
千代子　もろて。
高田　いや、あの。
千代子　何でもいいからもろて。
高田　意味がわからんけど、いただきました。

山下　おい。
千代子　あげて。
高田　は？
千代子　その曲をこの人にあげて。
山下　千代子。
千代子　私からじゃあげられんから、高田君からあげて。
高田　は？
千代子　はよあげて。
高田　意味はわからんけど、差し上げます。
芳川　どうも。
山下　……。
千代子　あんた頑張って、応援はせんけど気にはしちょる。
山下　……うん。
千代子　たかだか一時間で骨にならんごつ気をつけて。
山下　よくわからないけど。
芳川　山下君、時間が。
山下　じゃ、皆さんによろしく、ありがとう。
芳川　どうもお世話になりました。
山下　見送らなくていいから。

千代子　そんなつもりはありません、母を見送っちょるところやから。
山下　……じゃ。

山下と芳川が去っていく。

高田　よかったと?　事情はようわからんけど。
千代子　いいと。
高田　いいと?
千代子　いいと……そんげ東京がいいとやろか。
高田　そら、仕方ねえやろ。
千代子　無理に背伸びしちょるごつあって、私は好かん。歩いていけばいいところを、動く歩道に乗せられちょるごつある。
高田　……ようわからんけど。

客が出てくる。

客　はばかりを。
千代子　どうぞ。
客　どうも。（便所へ）

千代子　……まだおんなったと？
高田　気を使っていろいろ片づけやら手伝ってもろて。
千代子　呑気な人やねえ。
高田　まっこつ、精進落としの酒を目当てにしちょんなるとかもしれんけど。
千代子　あきれた。
高田　まっこつ。（笑う）
千代子　高田君。
高田　何ね？
千代子　これを機会にちょくちょく遊びに来て。
高田　ああ、いいと？
千代子　うん、遊びに来る？
高田　ほしたら子供連れて遊びに来るわ。
千代子　え？
高田　やんちゃで困っちょる。
千代子　子供がおると？
高田　死神博士もいまじゃ親父よ。
千代子　そうね。
高田　どんげした？
千代子　もういいと。

高田　さて、話し込んでしもた、精進落としの準備をしちょかんと。

高田が出ていく。

千代子　……東京についていくべきやったろうか。
客　(便所から出てくる) どうも、もう自分の家の便所んごつあります。
千代子　呑気で結構ですね。
客　日向のよだきん坊やから。
千代子　まっこつ。
客　ほしたら。

客出ていく、玄関前に数台車の止まる音がする。

千代子　……。

「ご苦労様でした」「帰られました」と高田の声。
庭から君江が入ってくる。

君江　千代子ちゃんお塩。

千代子　ご苦労様、どんげやった？
君江　大変、男たちはおんおん泣くし、焼き直しはしちょるし。
千代子　焼き直し？
君江　貸して（塩）、玄関に持ってってやらんと。

君江が家に上がり玄関へ、千代子もそれに続く。
ややあって、珠子が出てくる続いて千代子。

珠子　とりあえず水一杯。
千代子　焼き直して何ね？
珠子　知らん、康夫兄ちゃんが係の人に頼んだげな。
千代子　そんなことできると？
珠子　康夫兄ちゃんが点火の責任者やもん、はあ疲れた。恥ずかしかった、男の人たちみんな子供んごつ泣きよるとよ。うちのかまの隣でも一組焼いちょんなったっちゃけど、驚いてこっちを見ちょんなった。
千代子　そうね。
珠子　……山下さんは？
千代子　帰った。
珠子　そうね。

高田が出てくる。

高田　ご遺骨を祭壇に安置いたしました。順番にご焼香を。

千代子　はい。

珠子　煙責めやね。

千代子　お葬式やもん

千代子と珠子出ていく。
君江が出てくる。

君江　高田さん、精進落としやっぱり焼酎も出さんといかんやろか。

高田　まあ、普通は。

君江　まっこつ。

客が出てきて。

客　何か手伝いますか？

君江　結構です、どうぞあちらでお待ちください。

客　どうも。

客出ていく。

君江　誕生パーティーかなんかと間違えちょんなるっちゃないやろか。
高田　もうちっとの辛抱です。

君江焼酎を持って出ていく。
康夫と賢作がこそこそ出てくる。

康夫　……。
賢作　康夫ちゃん正直に言うてみない、何で焼き直ししたとか。
康夫　（泣いてる）……。
賢作　焼き場ん人が妙な顔しちょったど。
康夫　他にどんげしていいかわからんかったとよ。
賢作　……ひさ子伯母の日記を焼いたとか。
康夫　内緒やど。
賢作　やっぱそうやったとか、日記を焼いたか、どんげして焼き場に持ち込んだとか？
康夫　骨箱に詰めちょったから、先に一人で確認さしてもらう時に、頼むからこれも一緒に焼いて

賢作　くださいて頭下げて。
康夫　そっで焼き直しか。
賢作　一緒に焼いてやらんと可哀相やろが。
康夫　それでよかったとか？
賢作　一番いい方法やと思うたっちゃけど。
康夫　ひさ子伯母が何を考えちょんなったとかもうわからんちゃど。
賢作　わかったらわかったで恐ろしいやろが。
康夫　……。
賢作　わからんほうがいい。
康夫　そうか、うん、こんこつは誰にも言うたらいかんど。
賢作　うん。
康夫　もしかしたら康夫ちゃん、この町をパニックから救った英雄かもしれんね。

君江が出てくる。

君江　誰が英雄ね？
賢作　あ、いや、何でんないと、康夫ちゃん見直したがて言うちょるところやった。
君江　どうして？
賢作　立派に責任果たしたやろが、ようボタン押したね。

君江　あんなに嫌がちょったとにね、私が代わろうか言うても代わらんちゃもんね。何で急に焼く気になったと？　何か時間はかかっちょるし。
康夫　男の責任やろが。
君江　立派なこつ言うて、ま、これから責任はたしてもらわんといかんけど。お母さんもおらんようになったし、ね。
康夫　わかっちょる。
君江　まずは男として酔っぱらいの相手をしてもらわんと。
賢作　また焼酎か。
君江　お願いします。

千代子が泣きながら出てくる、続いて珠子、千代子そのまま二階へ。

珠子　お姉ちゃん。
君江　どんげしたと？
珠子　お母さんの骨を見してもろたら急に。
君江　そうね。
珠子　（二階へ上がろうとする）
君江　そっとしちょきない、こんげな時にかける言葉はないが。
珠子　……うん。山下さん帰りなったげな。

君江　そうね。いいがいいが幸せになる道は一本やないが。

二階から千代子の泣き声が聞こえる。

君江　……あっという間に骨になるとやもんね。
賢作　まっこつ……。（泣く）
康夫　……。（泣く）
君江　お母さん幸せやが、こんげ泣いてもろて。

金丸が出てくる。

金丸　あの、コップが。
君江　はいはい、珠子ちゃん手伝って。
珠子　うん。
君江　私が死んだら泣いてくれるとやろか。

君江、珠子出ていく。

金丸　お父さん、万博の話はそのままにしちょってくれって言われるとですけど、いいとでしょうか？

康夫　そのままでどういうことですか？

金丸　キャンセルはせんと言うちょんなります。

康夫　行くつもりやろか。

金丸　金は何とかするかい、しばらくこの件は伏せちょいてくれと。大丈夫でしょうか？

賢作　なんか当てがあるっちゃろか？

康夫　さあ。

上原が出てきて便所へ。

賢作　康夫ちゃんは当てがあるとか？

康夫　さあ。

金丸　万博に行ってもらうとはうちとしては助かるとですけど、代金をもらわんことには話にならんもんですから、念のためお伝えしちょきます。

康夫　すいません。

金丸　ほしたら。

金丸が出ていく。

康夫　どんげするつもりやろか。
賢作　さあ……一つ気になることがあるっちゃけど。
康夫　何ね？
賢作　旅行の申し込みが五人とはどういうわけやろか？
康夫　お袋のことやから自分は入っちょらんとやないやろか。
賢作　みんなに見せたかったたってこつか？
康夫　うん、あるいは自分が骨になるとを知っちょったか。
賢作　……どっちにしても、俺は元々数には入っちょらんかったとやろうか？
康夫　え？
賢作　ひさ子伯母が数に入らんとしても、俺が余るやろが。
康夫　そら賢作さんは……。
賢作　俺は何か？
康夫　一人前の男と認められたっちゃろ。一人で立派に生きちょるもん。
賢作　ならいいけんどん。
康夫　一人前の男が万博見物やら、できんやろ。
賢作　……日記焼いてくれてよかった、本当のことは恐ろしくてよう見らん。
康夫　まっこつ、人生後ろめたいことばっかりやかいね。
賢作　飲んでこよ。
康夫　すぐ行く。

賢作が出ていく。

康夫、ポケットからこっそり一万五千円を取り出す。

上原が便所から出てくる。

上原　……嫌ですねあのボッちゅう音。

康夫　はい……あの、これ。（金）

上原　……どうも、いただきます。……今朝の神社のあれ、日記ですか？

康夫　え、ええ。

上原　やっぱりそうですか、どんげされました？

康夫　お袋と一緒に。（空を指さす）

上原　女房のことが書いてあるっちゃなかろうかと思うちょりました。出入りしちょったみたいやから。

康夫　旅館に。

上原　ええ、お恥ずかしい、安心しました。……。（受け取った金をそのまま香典袋に入れ康夫に渡す）

康夫　いいえ。

上原　立派なお母さんでした。

康夫　ありがとうございます。

上原　ほしたらこれで失礼します。
康夫　ごていねいにどうも。

上原が去っていく。

康夫　……。

君江が出てくる。

君江　あんた大変。
康夫　なんか？
君江　香典泥棒。
康夫　泥棒。
君江　警察に電話した方がいいやろか。
康夫　ちょっと待て、こんげな時に警察沙汰は。
君江　泥棒やよ。
康夫　どうせたいした金額やないやろが。
君江　何でそんなことがわかるとね。
康夫　とにかく大げさにしたら大場家の恥になるど。

珠子と高田が出てくる。

高田　どんげしましょう？
珠子　二十一万五千円なくなっちょる。
康夫　二十一万五千円？
君江　えらいこっちゃ、警察。
康夫　待て、落ち着かんか。
君江　大金やが。
高田　やっぱり電話しましょう。
君江　うん。
康夫　大場家の恥になるど。

賢作が客を引っ張ってくる。

賢作　おら。
康夫　何ね？
賢作　香典泥棒やろが、どうも怪しいと思うちょったとよ。
客　なんのこつでしょうか？

賢作　白々しいことは言わんでいいが。警察に電話。

客　なんのこつでしょうか？

賢作　白々しいことは言わんでいいと言うちょるやろが。

君江　（電話をかけようとして）……待って、万博の旅行代金は幾らやったっけ？

康夫　二十万……よう考えんと大場家の恥になるど。

賢作　あ。

珠子　全部盗っちょらんとも考えたら変やねえ。

康夫　よう考えんと……。

客　なんのこつでしょうか。（泣く）

君江　珠子ちゃん、お父さん呼んできて。

珠子　うん。

珠子が出ていく。

君江　半端の一万五千円はなんやろうか？

康夫　さあ、土産代やろか？

賢作　（客に）すいませんでした、何か勘違いやったかも知らんです。

客　まっこつ。

金丸、峰山、宝田が顔を出し。

金丸　何事ですか？

君江　なんでんないとです、どうぞ飲んじょってくださいい、高田さん。

高田　ささ、どうぞ。

高田、金丸、峰山、宝田出ていく。

君江　みっともない話やが。

賢作　まっこつ。

君江　すいません、どうか堪えちょってください。

客　はあ。

了一、珠子出てくる。

了一　……。

君江　お父さん。

了一　知らん、何も知らん。

君江　お父さん。

了一　知らんて言いよるやろが。
君江　……。
客　見ちょったですよ、香典を盗りなるところ。
賢作　え？
客　私も狙うちょったとですが、喪主の方が震える手で金を抜いちょんなる所を見たら、なんやら切のうなって、止めたとです。
賢作　やっぱ香典泥棒か。
客　今日は盗っちょりませんもん。
君江　お父さん。
了一　ひさ子に万博を見せてやりたいやろが、人類の進歩と調和を見せてやりたいとよ……。
康夫　親父。
賢作　どんげしよう、喪主が香典泥棒の犯人とは言いにくいど。
君江　……（客に）すいませんお願いがあります。
客　は？
君江　逃げてください。
客　え？
君江　だらしない男の顔を顔を立てると思うて、逃げてください。
客　どこまでですか？
君江　お任せします、珠子ちゃん焼酎。

珠子　はい。（客に焼酎を渡す）
君江　お願いします。
客　引き受けました……故人の人柄が偲ばるっ良い葬式でした。
君江　どうも、ご丁寧に。
客　ほしたら……。
君江　泥棒！

客が去っていく。
千代子が二階から下りてくる。

千代子　何ね？
君江　今、香典泥棒が逃げたと。
千代子　泥棒？
了一　すまん。
君江　男の顔を立てるとはこれが最後、お母さんの真似はできんですから。まっこつお母さんの気持ちがようわからん。

高田が出てきて。

高田　大丈夫ですか？

君江　片づきました、ほらみんなあっち行ってください、家族がおらんとお母さん寂しがんなるが。

君江、高田、珠子出ていく。

了一　……意外と良い嫁やが。

千代子　何ね？

康夫　いいといいと、なんでんないと。

千代子　康夫兄ちゃん、お母さんの日記やけど。

康夫　ああ、日記のことやったら落ち着いてからゆっくりでいいやろ。どうせお袋のこっちゃから天気がいいとか悪いとかそんなことしか書いちょらんやろけど。

千代子　読んだことあると？

康夫　ない。

千代子　私は一度ちらっと見せもらったことがあるとよ。天気がいいとか悪いとかそんなことしか書いちょらんかった。

康夫　……へえ。

千代子　落ち着いたらゆっくり読まんといかんね。

康夫　……天気がいいとか、悪いとか……うん。（涙が溢れる）

千代子　何泣くとね？

康夫　海で頭がやられちょるとよ……。
千代子　まっこつ。

千代子出ていく。

康夫　……親父、お袋の日記焼いてしもうたとよ。
了一　なん……そうか。
康夫　親父、これ渡しちょく。（上原からもらった香典）
了一　何か？
康夫　親父が盗んだこつになっちょる。
了一　なん……そうか。
賢作　親子やが。
康夫　土産代やね。
賢作　……（歌）こんばんは　こんばんは。
了一　何かそれ？
賢作　例の千代子ちゃんの、
（歌）こんばんは　こんばんは
世界の国からこんばんは
祭り終わればみんな

お家へ帰る夜。

賢作出ていく。

了一　絶対流行らんわ。
康夫　まっこつ、親父、喪主が居《お》らんと形にならんど。
了一　わかっちょる。

康夫出ていく。

了一　……。(TVのスイッチをつける)

「世界の国からこんにちは」をバックに以下のやりとり。

アナウンサー　今日もたくさんの人で賑わう大阪、世界万国博覧会の会場です。どうもこんにちは、どちらからお越しになりました。
客1　千葉です。
アナウンサー　万博の印象はどうですか?
客1　日本の戦後が本当の意味で終わったんだなって感じがします。

アナウンサー　そちらの方どうですか？
客2　人の多さにも驚きますけど、人類の進歩にも驚いています。

明かり落ちていく。

アナウンサー　どうですか万国博覧会？
客3　明るい未来が信じられるみたいで素晴らしいと思います。
アナウンサー　そちらの方どうですか？　どちらから？
了一　宮崎から。
アナウンサー　抱えていらっしゃるのはご遺骨ですか？
了一　妻のひさ子です。
アナウンサー　万国博の印象は？
了一　ひさ子、これが人類の進歩と調和げな。
アナウンサー　あの。
君江　お父さん。
了一　ひさ子見ゆっか？　これが進歩と調和げな。
珠子　お父さん。
康夫　親父。
了一　よう見ちょけ、これが人類の進歩と調和やど。

千代子　恥ずかしいが。

了一　ひさ子、進歩と調和、ひさ子、進歩と調和げな。

カーテンコール

明かりが入ると、出棺前の喪主の挨拶のような形で、
出演者全員が整列している。
まず全員が客席に向かい一礼をする。

高田　ええ、では喪主、大場了一より一言ご挨拶を申し上げます。

ハンカチで涙を拭いたりする人あり。
嗚咽する人あり。

了一　……ええ、前略……本日はありがとうございました。

深々と頭を下げる出演者一同。
鳴り響く霊柩車のホーン、人々の顔、顔、顔。
明かりがゆっくりと落ちていく。

終わりやとよ……。

無頼の女房

登場人物

塚口やす代（小説家の妻）
塚口圭吾（小説家）
多喜子さん（お手伝いさん）
五助（多喜子の夫）
大橋太郎（一階に住む圭吾の遠い親戚）
吉田青年（大学生）
谷　雄一（小説家）
豊臣　治（小説家）
平井（東京第一出版編集者）
横山（春朝社編集者）
竹原（丸日新聞編集者）
芝山先生（医者）
花江（上村紗江子の妹）

舞台設定

鬼の住処の入り口である二階への階段……。
この階段を上るほとんどの者は、誰でも気の重い顔を見せる。
何せ二階には小説家という鬼が住んでいる。
客席から見えるのは階段の他に玄関、応接間、便所、一階住居部へ通じる廊下。
応接間の窓から庭が見通せる。

1　空飛ぶ小説家

階段から二階の様子を伺う、やす代、多喜子、吉田、応接間から、平井、横山、竹原。
二階から圭吾の叫ぶ声「おーい、やす代、やす代」。

やす代　はーい。

多喜子に促されてやす代が二階へ。

平井　書けたのか?
吉田　多分そうだと思います。
平井　うちの原稿だろうな?
吉田　そうだと思います。
横山　おい、今日は週に一度の面会日だろ、早く先生呼んでこいよ。
平井　呼べるものなら自分で二階へ行ってきなよ。
吉田　どうぞ。
横山　いえいえ、結構。

圭吾の声　うるさーい。
やす代の声　先生。
竹原　……今日は無理かね、どうしても引き受けてもらいたい原稿があるんだが。
横山　それはこっちだって同じさ。
平井　無理しちゃいけない、先生はいまうちの連載で頭が一杯だ、余計な話をすると、出入り禁止の憂き目に遭うぞ。
やす代の声　止めてください先生。
圭吾の声　止めるな、止めるな。
やす代の声　先生、多喜子さん布団。
多喜子　はい、吉田君布団、手を貸して。
吉田　はい。
竹原　布団ってなんです?
平井　まーた始まった。
やす代　(下りてきて) 急いで、先生飛び降りるわよ。
竹原　飛び降りるってなんです?
平井　いつものことさ。

庭から多喜子の声「先生飛び降りるならここへ」。
吉田「よーく狙いを定めてください」。

平井　腕だけ気をつけてくださいよ、ペンが握れるように。
やす代　先生。
圭吾の声　だあー。

ドスンガラガラというような音。

竹原　（窓から見ている）うわー。
平井　お見事。

吉田「大丈夫ですか先生」。多喜子「先生」。

横山　ああ、鼻血、ま、鼻血ぐらいで死にはしないか。
平井　だいぶ上達しましたね、さすが肉体派文学者。
やす代　変なお世辞は止めてください、どうぞ原稿です。
平井　ああ、どうも、どうもどうも、ありがたき幸せ、では早速。（原稿を受け取り読む）
やす代　……。
横山　いつも大変ですね、奥さん。
やす代　いえいえ。

「まったくもう」などと言いながら布団を片づける多喜子。
吉田に抱えられるように庭から上がってくる圭吾。

圭吾　離せ、手は必要ない。
吉田　すいません。
圭吾　（応接間へ）諸君、お待たせご苦労様。
平井　先生ありがとうございます。
圭吾　礼は原稿を読んでからにしてくれ。
平井　いえいえ、数行読んだだけでわかります、素晴らしい。
圭吾　お世辞は止してくれたまえ、やす代、酒だ。
やす代　はい。
吉田　（圭吾の鼻血を拭く）
圭吾　構うな。
吉田　すいません。
竹原　丸日新聞の竹原と申します。
圭吾　こりゃどうも、安西君は元気ですか？
竹原　は、編集長もくれぐれもよろしくと。
圭吾　くれぐれもよろしくと言うわりには本人はすっかり顔を見せない、キチガイの小説家には近づきたくないか。

竹原　いえいえ。

平井・横山　あはははは。

圭吾　多喜子さん料理の準備はどうなってる？　吉田、谷雄一先生を呼んでこい、うまい酒があるから是非にとお誘いするんだ。

吉田　はい。

竹原　谷先生は今お忙しいかと。

圭吾　そうか、お宅の新聞の新連載か。

竹原　はい。

圭吾　ちょうどいい、吉田、我が家で丸日の編集者がお待ちかねだと伝えるんだ。

吉田　はい。

竹原　あの。

圭吾　大丈夫、机にばかり向かっていてはいい小説は書けん、そうだろ。

竹原　はい。

吉田　行ってきます。

吉田が出ていく、やす代と多喜子が酒と料理を運んでくる。

横山　今の若者は？

圭吾　小説を勉強したいそうだ、勉強すれば小説が書けると思いこんでる、若い若い。
横山　どこかで見た顔だなあ。
やす代　他の小説家の家にも出入りしていたことがあるそうです。
横山　なるほど。
平井　ほう、ウィスキーですか。
圭吾　瓶は紛れもない本物だが、中身の保証はない。
やす代　こないだ谷先生にいたずらされたんですよ。
平井　いたずら？
やす代　塚口圭吾は蘊蓄は一人前だが、味なんかわかっていない。高いウィスキーの瓶に安酒を詰めたのを飲まされて。
多喜子　先生、うんこれはいい酒だ、なんて。
圭吾　余計な話は止めなさい。
平井　わははははは、谷先生らしい。
圭吾　酒なんて酔えさえすればそれでいい、物の味なんてくだらんことだ。酔って正体を失う、それが酒の核心だ、さあ、飲もう。おい、鶏はどうした、これじゃ野菜の水炊きじゃないか？
多喜子　太郎さまがお戻りになりません、鶏は太郎さまが。
圭吾　鶏がなくてどうする？
平井　結構結構、食い物の核心は腹を満たすこと、鶏などなくても問題なし。
多喜子　もうすぐお戻りになると思います、どうかそれまでご辛抱を。

圭吾　仕方ない、では物事の核心に乾杯……うんいい酒だ。
平井　（小声で）焼酎？
横山　さあ。
平井　先生、詩人の国原達也が廃人同然で病院に担ぎ込まれたのをご存じですか？
圭吾　知らん、詩人らしくていいじゃないか。
平井　メチルにカストリ、安酒ばかりでついに身の破滅だそうです。
圭吾　身体は破滅したかもしれないが、詩人の仕事が完成したのならそれも仕方があるまい。もっとも何を持って完成とするのか、そこが問題だが、文学とはそういうものだ。
平井　まあ、それはそうでしょうが。
圭吾　詩人の仕事は我々以上に感覚的なものだ。理屈ではなく感覚で物事の本質をとらえようとする作業だ。正気でなんかいられるものかね。ゆらゆら揺れる綱の上を、目隠しをして歩かされるようなものだ、国原に乾杯。
竹原　質問してもよろしいでしょうか？
圭吾　仕事の話なら後にしてくれ、今は馬鹿話の時間だ。
竹原　……なぜ二階からお飛びになるんです。
圭吾　え？
竹原　どうして二階からお飛びになるのかと思いまして。
圭吾　お飛びになるか。
やす代　（笑う）。

圭吾　何が可笑しい？

やす代　だってお飛びになるだなんて、その言い方が、お飛びになるなんて。（笑う）

圭吾　……まったくだ、お飛びになるなんてそんな大層なことじゃない。理屈じゃない、ただ飛んでみようと思うだけだ。君はなぜ、この世に存在する、理屈じゃない、ただここに居るんだ。

竹原　はあ。

圭吾　本質だよ、それだけを見つめている。

竹原　私は頭が固いのか、どうもよくわかりません。

やす代　気にしないでください、仕事で根を詰めて、頭がすこしおかしくなるんです。それで気晴らしに飛ぶんですよね。

多喜子　布団に泥が付いて困ります。

圭吾　この女性たちにかかっては、私の苦悩も洗濯物の心配に成り果てる。

平井　わははは。

竹原　はたして私は二階から飛んでみようなどと思うことがあるだろうか？

横山　おい、もう酔ったのか、そんなくだらない話はもう止せよ。

圭吾　おい飛んでる本人を目の前にしてくだらないとはなんだ。

横山　すいません、見ろやぶ蛇だ。

圭吾　わははは。

平井・横山　わははははは。

大橋が絞めたばかりの鶏をぶら下げて帰ってくる。

大橋　ただいま帰りました。
圭吾　お、来たな鶏。
多喜子　皆さんお待ちかねでした。
大橋　……。（泣き出しそうな顔で立っている）
多喜子　太郎さんどうかなさいました？
圭吾　どうした？
大橋　……この鶏は、私の知り合いの庭先で長年飼われていたものです。ここ最近は年のためか卵も産まなくなり、仕方なく絞めることにしたのです。しかしいざ絞めるとなると、長年の思い出が蘇り、老いた雌鶏もこちらの殺意を感じるのか、庭先をばたばたと逃げ回り、それはそれは辛い地獄絵図でありました。
圭吾　そんな話をするな。
大橋　名前をお花と呼んでいたそうです。我々はどうしても食べることができないから、どうか皆さんでと。（手を合わせる）
圭吾　おい、これから食うんだぞ。
やす代　太郎さん。
大橋　空さえ飛べれば絞められずにすんだものを、哀れな動物だ、なあ花。
やす代　名前を呼ばないで。

大橋　供養です。老鶏ゆえ堅いと思いますが皆さんの血肉にしてください。多喜子さんよろしく。手を洗ってきます。（退場）

多喜子　捌けるかしら、やだわ。（鶏を持って退場）

圭吾　変わった男だ、私の遠縁なんだが。

平井　へえ、変わり者の血筋ですか？

圭吾　どういう意味だ？

平井　あ、いえ。

圭吾　食欲が失せた、外で飲み直そう。

平井　行きますか。

横山　お供します。

竹原　あ、私も、あ、そうだ、谷先生がお見えになるんでは。

圭吾　やす代、谷君に鶏を食べてもらえ。

やす代　そんな。

圭吾　さ、行こう、谷君が鶏を食べたら駅裏で飲んでると伝えてくれ。

横山　どうも奥さん、お邪魔しました。

竹原　奥さんごちそうさまでした。

やす代　どうも。

圭吾、平井、横山、竹原、出ていく。

やす代　……奥さんとは私のことかと思う奥さん……あ。（原稿に気がつく）多喜子さん（奥へ呼びかけて）これ持って追いかけてくれる。（ふと原稿を読み始める）……上村紗江子……。（熱心に読み始める）

平井が慌てて戻ってくる。

平井　すいません、忘れちゃって、作家の魂を忘れるとはお恥ずかしい。
やす代　どうぞ。
平井　このことはご内密に、財布を忘れてきたことになってますから。
やす代　はい。
平井　読みました？
やす代　ええ、少し。
平井　作家の文章は身内には刃物です、大丈夫ですか？
やす代　何がでしょう？
平井　いえいえ、それじゃ。
やす代　平井さん。
平井　は？
やす代　平井さんは私のこと奥さんとはお呼びになりませんのね。

平井　え、はあ、え？
やす代　どうでもいいんですけど、ふとそう思ったものですから。
平井　いまさら奥さんと呼ぶのもなんだか気恥ずかしいような気がして。
やす代　気恥ずかしい？
平井　最初先生に、あなたのことを秘書だと紹介されました。ところが何の仕事をしているわけでなく、ぼんやりとここにいらっしゃるだけ。おかしいなと思っていると、今度は先生が冗談のように愛人だとおっしゃる。秘書よりは愛人の方がそれらしいが、あ、失礼。
やす代　いいえ。
平井　ま、同じ家で暮らしておられるのですから奥さんで構わないのですが、口に出して言うのが、何となく恥ずかしいでしょう。
やす代　ごめんなさい、呼んでもらいたいわけじゃないのよ。
平井　はいはい、わかってます。自分がどう思われているのか、何者なのかが、気になるんでしょう？
やす代　ええ。
平井　先生が悪いんですよ、ああ見えてひどい照れ屋だから。最初にきちんと紹介すればよかった、私の妻だって。
やす代　でも、私も最初はそんなつもりはなかったから。
平井　不思議な人ですなあ、やっぱり。そんなつもりもなくどんなつもりで先生のそばに？
やす代　もちろん予感はありましたけれど。

平井　予感？　ずっと一緒に暮らすんだという？
やす代　ええ。
平井　もう何年になります？
やす代　二年と六ヶ月。
平井　うらやましい、そんな予感を私も誰かに持たせてみたい。
やす代　だらしのない、そんな女だと思われてるんでしょうね。
平井　いえいえ、そんなこと、わかりました、今後は奥さんと呼びます。
やす代　呼び方の問題じゃありません。

多喜子が捌いた鶏を運んでくる。

多喜子　はいお待ちどうさまでした、あれ、他の皆様は？
平井　ああ、お花の変わり果てた姿。
やす代　外で飲み直しですって。
多喜子　あらやだ。

大橋がやってくる。

大橋　お花ー。

多喜子　どうかお静かに。
平井　多喜子さんも大変だ、こんな家のお手伝いじゃ余所の倍の給金もらっても追いつかないね。
それじゃ、また。
多喜子　お帰りですか、お食べにならないんですか？
平井　いや、結構です。

吉田が谷を連れて帰ってくる。

吉田　谷先生をお連れしました。
やす代　どうもわざわざすいません。
谷　いいえ、誘われると断れません、こちらこそいつもご厄介をかけて。
平井　谷先生ご無沙汰しております、東京第一出版の平井でございます。
谷　ああ、こりゃどうも、おや、ところで圭吾先生は？
やす代　申し訳ありません、出かけてしまいまして。
谷　出かけた？
やす代　駅裏で飲んでいるとお伝えするようにと。
谷　あははは、こりゃあいい、いかにも圭吾さんらしい。
やす代　ごめんなさい。
谷　やす代さんが謝ることはありません、いや愉快愉快。

大橋　谷先生、お花を食べてやってください。
谷　お花？
やす代　鶏の名前です。
谷　鶏。
やす代　塚口が谷先生に召し上がっていただくようにと。
谷　すいません、わたしはどうも鶏が苦手で、あのぶつぶつが。それにお花という名前がいけません、私の母の名前です、母親は食えません。
やす代　まあ、多喜子さん片づけて。
多喜子　はい。
平井　じゃあ私はこれで。
谷　平井さん、少しつきあいませんか？
平井　は？
谷　圭吾さんがいないのならちょうどいい、やす代さん少し話をしませんか？
やす代　はい……。
大橋　お邪魔でしょうか？
谷　いえ、どうぞ、あなたにも聞いてもらった方がいい。
平井　いったいなんです？
谷　世間の評判では、塚口圭吾は頭がちょいとおかしいと、そう言われています。ま、物書きなんて多かれ少なかれ変人です、別に気にすることはない。

平井　そうです。

谷　しかし、度を越してはいけません。二階から飛び降りたり、ふんどし一つで往来に飛び出したり、塚口圭吾は薬物中毒で廃人への道をまっしぐら。

やす代　廃人？

平井　世間は好きなことを言いますから。

谷　お宅の雑誌にも塚口圭吾の奇行がおもしろおかしく書かれています。

平井　作家の苦悩を紹介することで、文学に深みが出ます。

谷　苦悩じゃない奇行だ、志ある小説家が笑いものにされている。

平井　笑いものだなんて。

谷　ま、笑われているうちはまだいい、やす代さん、近頃薬の量はどうです？

やす代　先日もこの辺りの薬屋を、しらみつぶしに回って。

谷　良くない。

やす代　眠れないそうです、睡眠薬がないと不安だと言います。たくさんの薬をお酒で流し込むような状態です。

谷　良くない。

やす代　十分睡眠をとって頭をすっきりさせないと執筆に差し支えるそうです。

大橋　圭吾さんはまだ若い学生の頃、日に三時間の睡眠時間で学問に没頭し、それを一年も続け、その時に神経の病気になられたました。

平井　ああ見えて几帳面で律儀な人だからね。

大橋　それ以来、睡眠の大切さを発見されて。
谷　そりゃ睡眠は大切です、私も作家ですよくわかります、眠れないことは恐怖だ、自分の思考が信じられなくなり、気が狂いそうになる、覚醒剤は？
やす代　近頃はアドルムを日に二十錠近く。
谷　そりゃ普通じゃない。頭をすっきりさせたくて覚醒剤を飲む、興奮して眠れなくなって睡眠薬を飲む。こんなことを続けていては、そりゃおかしくもなります。
やす代　はあ。
谷　はあじゃありません、やす代さん、側にいる皆さんが何とかしないと。
やす代　……はあ。
谷　やす代さん、あなたは少しぼんやりとしたお方だ。どうやらそれが圭吾さんには大きな安らぎになっているらしい。しかしねやす代さん、あなたがしっかりしないと、歯止めが効かなくなる。
やす代　すいません。
谷　すいませんじゃなくて……いや、こちらこそすいません、ついさっきまで書いていたもので、頭が興奮している、思ったことを言い過ぎました。
やす代　いいえ。
谷　とにかく私は、塚口圭吾という作家のことが心配です。無頼派だ、肉体派だと看板を背負わされ、精神が過剰になりすぎています。今度医者を紹介します、芝山という良い医者がいます。年寄りですが、なかなかの人物です（ウィスキーを飲む）……何ですこれは？

平井　中身は保証できないそうです。
谷　やられた、こないだの仕返しですか？
やす代　いいえ、そんなつもりは。

竹原が戻ってくる。

竹原　大変です、先生が地回りにからまれて、どなたかお願いします。
やす代　地回り。
多喜子　大変。
谷　よし、女性方は手出し無用、家で待機、平井さん行きますよ。
平井　あ、はあ。
吉田　私も行きます。
谷　案内。
竹原　はい。

谷、竹原、平井、吉田が家を出ていく。大橋が行こうか行くまいか躊躇している。

多喜子　私も行ってきます。
大橋　多喜子さん、女性は家で待機。

多喜子　太郎さんは？
大橋　私は……どうせ役に立ちません、同じく待機。
多喜子　だらしのない、しかしまあ、何と慌ただしいお家でしょう。
やす代　……あらやだ、平井さんまた原稿を。
多喜子　大切なものなら、取りに戻られるでしょう。
やす代　ええ。
多喜子　ご心配じゃないんですか？
やす代　心配です。
多喜子　そのわりには落ち着いていらして。
やす代　私が慌てても仕方がないし。
多喜子　そりゃそうですけど。
やす代　こないだもヤクザ者にからまれたことがあったでしょ？
多喜子　ええ。
やす代　結局仲良しになって、朝まで一緒に飲み明かして。先生にはそういった才能がおありよ。
多喜子　何の才能です？
やす代　さあ、わからないけれど。
大橋　奉仕の精神ですよ、サーヴィス。
多喜子　奉仕？
大橋　心の中に芸者が住み着いている。

多喜子　芸者？

大橋　芸術家の本能だと、圭吾さんがいつか話していました。

多喜子　さっぱりわかりません。

大橋　それがなければ人の心を摑まえる作品などありえないと、しかしその本能はとても苦しいものだそうです。自分の肉を切り分けるように、奉仕しなければならない、笑いながら血を吹きだしている。

多喜子　止めてください、さっき鶏を捌いたばかりなのに。

大橋　空を飛ぶ羽さえあれば、捌かれずにすんだものを……。

多喜子　私にはこの家に出入りする人みんなが変人に見えます。

やす代　そうかしら？

多喜子　たとえば先ほどの谷先生にしても、私から見れば圭吾先生と似たり寄ったりです、編集者の皆さんも、もちろん奥様にしても。この家にいると自分の方が変人なのかと、そう思います。

やす代　そんなことときっとどうでもいいのよ。変わってるとか、変わってないとか、たいした問題じゃないんだわ。瓶の中身が何であろうと、どうでもいいのよ、きっと。

多喜子　はあ、だいぶ影響を受けましたね。文学なんていったいどれほどのものやら。（自分で口を押さえる）

多喜子が部屋を出ていく。

やす代がまた、原稿を読み始める。

やす代　「胸の張り裂ける音を、私は初めて聞いた、恋によってこの肉体が存在し、恋によってこの肉体が張り裂けた、それはこの世のすべてであり、絶望の暗闇だった」……。太郎さん、上村紗江子って、どんな人？

大橋　女流の作家です、もう、ずいぶん前に亡くなりました。

やす代　それは知ってるけれど……。

大橋　……。

気詰まりで大橋が頭を下げて去っていく。

灯りが落ちていく。

2　一週間後、地を這う小説家

平井、横山、竹原がこそこそと話をしている。

竹原　自分の妻以外の女を愛したというようなことを、妻に語って聞かせることはできない。
横山　当然です。
竹原　たとえそれが、過去の話であろうと、決して我々は口にしない。
横山　過去も未来も関係ない、しちゃいけません、殺されます。
竹原　しからばなぜ、小説家だけはそのような暴挙をおかすのでしょう？
横山　まったく、小説家だって妻もあれば家族もある。
竹原　（雑誌を開き）「絶望の暗闇の中で、張り裂ける胸の音に震えながら、それでも私は上村紗江子のことを思った、張り裂ける思いこそが恋の本質なのだと、私は知った」これを読まされる身内は、奥さんはたまったものじゃない。
平井　小説家の妻たるもの、それぐらいの心構えはあるだろうさ。
竹原　そうでしょうか？
平井　それにもう、相手は死んでる。
横山　まあね。

平井　それに上村紗江子とのことは、美しく言えば純愛だ、プラトニックな愛だ。先生との間に肉体関係はない。

横山　純愛だから余計に堪えるってこともありますよ。

竹原　そうです、気に入った芸者と二、三日温泉に行ったたという話とはわけが違う。

平井　仕方ないよ、文学なんだから、生きるという謎を解き明かすためには、多少のことは仕方がない、君編集者だろ、そんなことでガタガタ言うなよ。

竹原　すいません。

平井　いいかい、人間の寿命なんてたかだか五十年、わずかなものだ。我々はもっと大きな物差しで仕事をしている、物理学が宇宙の真理を解き明かすように、文学が人間の秘密を解き明かすんだ、些細なことにこだわるな。

竹原　はい。

平井　作家の家庭が崩壊しようが、どうしようが、売れる文章を書いてもらわなきゃ。

竹原　え？

平井　売れなきゃ文学も続かないからね。

横山　そうそう、それは大事。

多喜子がお茶を持ってくる。

多喜子　どうぞ。

平井　え？　お茶は止めておこうかな、あとで酒をいただくときに、お腹がね、タポタポしちゃうから。
多喜子　二階にお見えになってるお医者さんが、しばらくこの家ではアルコールを禁止するようにと仰って。
平井　ええ？
横山　禁止？
多喜子　ずいぶんがっかりとしたお顔をされて。原稿取るのが仕事だか、お酒を飲むのが仕事だかわかりませんね。
平井　酒を飲んで語り合うのも大事な仕事なんだよ。
横山　先生よっぽど悪いのかね。
平井　うん……。
竹原　ねえ、多喜子さん、もし多喜子さんの旦那さんが、多喜子さん以外の女性のことを、たとえば日記か何かに書いていて、たまたまそれを多喜子さんが見てしまったとしたら、どうします？
多喜子　うちの亭主は日記なんて気障なものは書きませんから。
竹原　それじゃ日記じゃなくて。
多喜子　うちの亭主は私以外の女が相手にするほど、たいした男じゃありません。
竹原　でもどこかで。
多喜子　ありません、金もないし。

竹原　男は金じゃありませんよ。
多喜子　男は金じゃないなんて理屈は、女学生の理屈です。うちの亭主は金をふんだんに持たせたとしてもまだ男として半人前です。そんなにうちの亭主に浮気をさせたいなら、どうぞよろしくお願いします。
竹原　いやいや、何の話か忘れちゃったな。
横山　多喜子さんにはかなわないよ。
多喜子　まったく、皆さんの話はどうも私にはちんぷんかんぷんで。
平井　多喜子さんの旦那さんは何をされてるんです？
多喜子　元々は床屋でした、今はぼんやりしてます。
平井　ぼんやり？
多喜子　終戦間際に兵隊に取られて、運良く外地には行かずにすんで、九州の方でアメリカを迎え撃つ訓練をして、竹槍持たされてやったそうです、そんなもの飛行機に届くわけないのに。そうこうしてるうちに、例の爆弾が落ちて、戦争が終わり無事に帰ってきたんですが、何だか、ぼんやりした人になってしまいました。
平井　へえ。
多喜子　昔は働き者だったのに……気が抜けて浮気どころじゃありません。

二階から芝山、やす代、谷が下りてくる。

何か重苦しい雰囲気。

芝山　……手洗い拝借。（便所へ）
やす代　どうぞ。
多喜子　どうでした？
平井　かなり悪いんですか？
谷　圭吾さんは子供だな、叱られた子供の様にしょげて、クククちょいとした見物だったよ。
やす代　可哀相で見ていられませんでした。
谷　先生がずいぶん脅かしたからね。
やす代　このままでは間違いなく狂って死にますと仰って。
多喜子　まあ。
やす代　死なない場合でも一生檻の中だって。
多喜子　大変。
平井　どうなんです？
谷　色々弱ってるらしいが、ま、ようするに薬を止めれば問題は収まるわけだ。まったくそうなんだ、薬はいかん。
平井　これからもばりばり書いてもらわないと。
谷　おいおいしばらく新しい注文は控えてくれよ。作家というのは貧乏性だ、いつか注文がなくなるんじゃないかとびくびくしてる。頼まれれば無理しても書いてしまう、しかし今は、健康を立て直すのが第一だ。

芝山が出てくる。

多喜子　どうぞ。(応接間に)

谷　ありがとうございました。

芝山　少し薬が効きすぎましたか。

谷　いえいえ、あれぐらいで十分、無頼派も形無しで。

芝山　しかし驚きました、あんなゴミ溜めの様な部屋で、よく仕事ができますね。

やす代　片づけると怒られますから。

平井　書き損じの原稿の山です。

やす代　何しろちょっとでも書き間違えると原稿を破り捨てます。

平井　字が気に入らないと言っては丸めてぽい、升目の中の収まりが悪いと言ってはぽい。

やす代　小説の題を書くだけで、何十枚も無駄にすることも。

芝山　へえ。

平井　その代わり我々編集者の手に渡るときには、そりゃきれいなもんです。作家の原稿ってのは、悪筆や手直しの跡で、そりゃ読みにくいのが普通なんですが、塚口圭吾の原稿はそりゃ美しいものです。

芝山　そりゃ意外だ、作風からして荒れ狂う風のように書き殴ってあるのかと思っていました。

平井　いえいえ。

谷　実に繊細、実に神経質、作家の心は矛盾に満ちています。
やす代　私少し心配です。
芝山　心配？
やす代　書く気をなくしやしないかと思って。
芝山　しばらくしょげて書くのを休むぐらいがちょうどいい、まずは健康を。
やす代　健康になって書けなくなることだってあるでしょう？
谷　ああ、まあ、無いとは言えない。
横山　不健康も仕事のうちって所がありますからね。
芝山　限度があります。
やす代　健康のために書けなくなったら、余計に苦しむのじゃないかと、そんな気がします。
谷　そりゃ先のことまで考えすぎだ。
やす代　書くことだけが先生の生きる道です。しばらく仕事の量を減らすようにと言われただけで、あんなに落ち込んで。
谷　いずれ自殺でもしますか？
やす代　……。
谷　冗談ですよ。
平井　大丈夫でしょうね二階、先生一人にしといて。
多喜子　見てきます。
谷　大丈夫、吉田君がついています。

二階からこっそり圭吾が下りてきている。

誰にも気づかれないように、足音を忍ばせ這うように家を出ていく。

芝山　ま、何ともやっかいな生き物ですな、作家というのは。

谷　まったくです。ま、しかし甘やかしてはいけません、文学だ芸術だと特別なことをしている気になっているが、文字を組み立てて売るだけのこと、大工や八百屋と何の違いもありません。どうかひとつ今後とも厳しく接してやってください。

芝山　作家にそう言われると真実味がある。

二階から「うう」という唸り声が聞こえる。

平井　なんです？

多喜子　二階。

谷　自殺？

やす代　やだ。

皆二階へ駆け上がる。やがて猿ぐつわを噛まされ、ぐるぐるに縛られた吉田が男たちに担がれて下りてくる。

谷　これはいったいどういうことだ？
吉田　申し訳ありません、酒を飲んでくると仰って、お止めしたんですが、何しろ凄い力で。
谷　諸君聞いての通りだ、手分けして捜索を頼む。
平井　捜索ですか？
谷　急いで。
平井　はい。
谷　心当たりをしらみつぶしに。
平井　はいはい。
横山　まったくなあ。

平井、横山、竹原、出ていく。

吉田　すいませんでした。
芝山　（豪快に笑い出す）
谷　先生。
芝山　こりゃおもしろい、良い患者を紹介してくれました。やりがいがありそうです。
谷　そう言っていただけると助かります。
吉田　探してきます。
芝山　待ちなさい、これを持って行きなさい。

吉田　これは何でしょうか？
芝山　圭吾さんに飲ませなさい、家に帰りたくなるおまじないです。
吉田　おまじない。
芝山　これを飲むと酒がまずくなる。
吉田　行ってきます。

吉田が出ていく。

多喜子　まったく、圭吾先生は大きな子供ですね。
やす代　ほんと。
谷　さて、ここで気をもんでても仕方がない、先生一杯やりましょう。（ウィスキーを持参している）上物です。
芝山　結構ですね。
多喜子　お飲みになるんですか？
芝山　こう見えて私は正真正銘のアル中です。
多喜子　あらまあ。
やす代　多喜子さんなにかおつまみを。
多喜子　はいはい。
芝山　奥さんはどうして圭吾さんと一緒になられました？

やす代　え？
谷　先生、ずいぶん藪から棒な質問ですね。
芝山　無粋でごめんなさい、これも治療の一つでして。私みたいな藪医者は聴診器より、会話が頼りです。
谷　藪医者だから藪から棒か。
芝山　あなた時々作家とは思えないようなくだらないことを言いますね。
谷　あははははは。
芝山　話の続きを。
やす代　ええ、知り合ったのは偶然人に紹介されたのがきっかけです。会ってすぐに仕事を手伝ってくれと言われました。
谷　仕事というのは口実です、圭吾さんの一目惚れです。
芝山　それで？
やす代　数日後、仕事場を訪ねて、つまりこの家です。二階の、つまりさっきのゴミだらけの部屋を見せられました。
谷　ぎょっとしたでしょ？
やす代　ええ。でも、ああきっとこの人は嘘をつかない人間なのだと思いました。
芝山　ほう。
やす代　それまで私の知っていた男と言えば、お世辞を言うか、自分をさも大人物のように見せようとするか、そんな人ばかりで。私を部屋に案内したっきり、自分はさっさと原稿を書き始められて、そんな人見たことがありませんでした。

やす代　それであなたはどうしたんです？

芝山　することもありませんから、部屋の隅にひいてある万年布団に座って。

やす代　あの汚い布団に。

芝山　先生の原稿を書く後ろ姿を見ながら、何だか安心していつの間にか眠ってしまいました。

谷　そんな人を見たことがない、圭吾さんもそう思ったことでしょうね。

芝山　なるほど、あなたが何に惹かれたのかよくわかります。お互いに正直でいられたわけだ。

やす代　文化というのか教養というのか、そんなものが先生の精神と同居しているように感じられて、ほっとしたんです。

谷　うらやましい。

芝山　嘘をつかない人間はきっと辛いでしょうね。

やす代　ええ、そう思います、原稿を走る筆の音が、まるで身を削る刃物の響きに聞こえて。私は眠っていましたけれど、その音がずっと耳に聞こえていました。それでも不思議に私は安心していたんです。布団にしみこんだ汗の匂いも、清潔な香水のように感じられて。

谷　その話を今度うちの妻にもしてもらいたい。いやいや全世界の作家の妻を集めて、講演会でもしてもらいたい。

やす代　お世辞はよしてください。

谷　お世辞じゃありません……なるほど、人と人はお互い様、我が女房がくだらぬ俗物なのも、我が精神の貧困なる証か、くそ、圭吾さんがうらやましい。汗の匂いが清潔な香水だなんて、

芝山　お、この言い回しは小説に使えるな。
やす代　さすがは作家、わははは。
芝山　いやだわ、治療だと仰るからつい何でも話してしまって。
多喜子　いえいえ、患者を理解する大きな助けになります。
谷　どうぞ。
多喜子　や、まさかこれは例のお花ではないだろうね？
芝山　いいえ、まぐろの佃煮です。
多喜子　ほう。
芝山　ところで先生は何科のお医者様ですか？
多喜子　戦争の混乱で何でも屋のようになりましたが、本来は小児科です。
谷　小児科？
多喜子　子供相手の医者じゃもったいない。
やす代　（笑い出す）
多喜子　何がおかしいの？
やす代　圭吾先生にぴったりだと思って。
谷　まあ。
　　あはははは。

玄関に竹原が戻ってくる。

竹原　大変です。
谷　おいでなすった。
やす代　どうしたんですか？
竹原　大変です、豊臣先生がこちらに向かっています。
谷　豊臣？
竹原　豊臣治先生です、駅前でばったり、塚口圭吾の家はどこだとお尋ねになって。もうすぐ到着されます、とにかくお知らせしようと思って。
谷　何のようだ、ケンカか？
竹原　さあ。
谷　心当たりは？
やす代　さあ。
谷　豊臣は塚口圭吾と呼び捨てにしたのか？
竹原　あ、いえ、塚口先生と。
谷　正確に話せ、話がこじれる元だ。
竹原　しかしただごとならぬ雰囲気で、そうだ、女性を一人お連れになってます。
谷　女？　豊臣と圭吾さんは大して関係もないはずだが、無頼派同士、どこぞで女でも取り合ったか？
竹原　どうしましょう？

谷　慌てるな、何をびくついてるんだ。
竹原　だって。
芝山　面白い見物になりそうですね、無頼派の横綱同士の取り組みですか。しかし残念ながら私はこれで。
やす代　すいません。
芝山　もし怪我人が出るようなら遠慮なく呼んでください、では。
やす代　どうも。

芝山が去る、吉田が戻ってくる。

吉田　豊臣先生、まもなく到着です。
竹原　どうしましょう？
多喜子　警察に連絡でも。
谷　待ちなさい、根拠もなく慌てるのは止めなさい。竹原君、君は圭吾さんに張り付いていなさい。
竹原　はい。
谷　話の内容によっては家に戻らない方がいい。
竹原　はい、あ、しかし圭吾先生はどこに？
谷　探せばいいだろう。
竹原　はい。

谷　豊臣の用件がわかり次第、吉田君に伝言させる、それまで圭吾さんを帰さぬように。
竹原　わかりました。

竹原が出ていく。

やす代　家に上げるんですか？
谷　そりゃそうでしょう、わざわざ訪ねてくるものを、追い返す理由がない。どうしました、やす代さんまで。
やす代　すいません、何だか緊張して。
谷　落ち着いて、化け物がくるわけじゃありません。

豊臣と花江が玄関に現れる。

谷　普通に……。
豊臣　ごめんください。
谷　……ややや、これは豊臣さん。
豊臣　ああ、谷さんですか。
谷　ご無沙汰ご無沙汰、一昨年の対談以来。
豊臣　どうも……。

谷　ややあ怪訝な顔はごもっとも、圭吾さんをお訪ねで。
豊臣　そうです。
谷　今少し留守にしています。
豊臣　お帰りは？
谷　さあ、早いかもしれず遅いかもしれず。
豊臣　待たせてもらってもいいですか？
谷　さあ……。
やす代　どうぞ。
豊臣　どうも。
やす代　私は……。
谷　圭吾さんの、奥様。
豊臣　ああ……豊臣です。
やす代　さあどうぞ。
豊臣　失礼します。

豊臣と花江が応接間に。
花江は緊張して口を開かないのだが無愛想に見える。

多喜子　お飲物は？

谷　お茶でいい、お茶。
豊臣　一昨年の対談ではご迷惑をおかけしました。
谷　いやいや。
豊臣　酒を飲んだのがいけなかった、途中で何もわからなくなって、あとで聞いた話では塚口さんとケンカをしたとかしないとか。
谷　なになに、酒の上の些細なことで、圭吾さんも酔っぱらって何の記憶もないらしい。編集者がおもしろおかしく話をふくらませたが、どうってことはない。作家同士が腹を割って作品について語り合えば、端から見ればケンカに見える、ただそれだけのこと。
豊臣　作家同士が腹を割って作品について語り合うのが些細なこととは、私には思えませんが。
谷　え？
豊臣　やす代さんですね？
やす代　はい。
豊臣　塚口さんは優れた作家です。
やす代　はあ。
豊臣　優れた作家は皆孤独です。
やす代　はい。
豊臣　塚口さんは家庭や生活を家の中に持ち込むのを極端に嫌っていた。
やす代　ええ。
豊臣　しかしあなたを受け入れた。なぜだと思います？

やす代　さあ。
豊臣　私もあなたに会うまでそれが疑問だったけれど、なるほど、あなたはとても可愛い人だ。
やす代　……。
谷　わはははは、やす代さん、この人はニヒルに見えて、口八丁手八丁の所がある。気をつけてかかりなさい。
多喜子　どうぞ。
豊臣　しかし、あなたは気をつけなければいけません。
やす代　何をでしょう？
豊臣　あなたの存在に関わりなく、作家はいつまでも孤独です。あなたは作家の孤独を癒そうとしてはいけない。
やす代　よくわかりませんけど。
谷　早い話、家庭的になるなってことでしょ、この人は持って回った言い方をするから。
多喜子　嫁をもらっておいて家庭的になるなって理屈があるでしょうか？
豊臣　そちらは？
谷　口数の多い女中で。どうだい多喜子さん、人気流行作家を生で見た感想は？
多喜子　そんなこと聞かないでください。
豊臣　多喜子さん。
多喜子　え？
豊臣　あなたの思う家庭的とは何です？

多喜子　家庭的とは、つまり……さあ、口できちんと説明できることじゃありません。
豊臣　その通り、家庭なんて実体がありません、そんなあやふやなもので作家との生活を誤魔化してしまってはいけない。
やす代　誤魔化すなんて。
豊臣　いや、あなたがそうしてるというんじゃありません。そうならないように気をつけてくださいという話です。
やす代　はあ。
谷　……ところで用件は？　まさか今の話をしに来たわけじゃないでしょ？
豊臣　ま、用件は塚口さんが戻られてから……。
谷　……。
やす代　……。
花江　私のこと紹介していただけませんか、いたたまれないじゃありませんか。
豊臣　おい。
花江　作家の腕にぶらさがってるパンパンのように思われてるじゃありませんか。
豊臣　そんなことないよ……ま、実に作家とは家庭的とは無縁の代物で。

竹原が戻ってくる。

竹原　大変です、先生が。

圭吾が、平井と横山の制止を聞かず、上がり込んでくる。

圭吾　お待たせした、用件は？
豊臣　用件は。
圭吾　おい、俺を訪ねてきた客にお茶とは何だ、酒だ、酒。
多喜子　はい、ただいま。
花江　私、上村花江といいます。
谷　上村花江？
豊臣　亡くなった上村紗江子の妹です。
やす代　上村紗江子。
圭吾　……。

その名前を聞いて、座り込んでしまう圭吾。

豊臣　つまり用件は。
圭吾　酒だ、酒。
花江　姉とのことなど書かないでもらいたいんです。
豊臣　おい、まずは話を聞くという約束だ。

花江　いいえ、話は結構です、書かないでください。
圭吾　……何も聞こえない、さらば。

凄い勢いで二階へ駆け上がる圭吾。
あとを追って、二階へ駆け上がる花江。
応接間に多喜子が酒を運んでくる。
豊臣がその酒瓶をつかみ、ラッパでぐいぐいと飲む。

やす代　……。

やす代が二階を見上げている。
灯りが落ちていく。

3　一時間後、綱の上の作家

谷と豊臣がすでに酔っている、多喜子まで飲まされている。
二階の様子が気になる平井、横山、竹原こそこそとやっている。
一人ぽつんとやす代がいる。

谷　書くなと言われても書くのが作家だ。
豊臣　その通り、肉体のすべてが小説だ。血液の一滴が物語だ。
谷　だったらなぜ、あんな女を連れてきた？
豊臣　書き手の気持ちもわかるが書かれる方の気持ちもわかる、この間を取り持ってみたかったんだ。
谷　お節介な話だ。それにしても二階は何をしてる？　かれこれ一時間になる。
やす代　……。
豊臣　やす代さん、複雑でしょうが、これは文学上のことです、家庭的な嫉妬は無用。
やす代　嫉妬だなんて。
多喜子　奥さん、怒った方がいいですよ、奥さんだって昔の恋人のことなど書くなと、先生に文句を仰ればいいんです。
やす代　多喜子さん。
多喜子　色男の先生に酒を飲まされて酔っています。そもそも、あったことをそのまま書き写すなんて、能がなさすぎます。
平井　多喜子さんの毒が炸裂している。
豊臣　あははは、多喜子さん仰る通り。しかしね多喜子さん、ありのままってのは実は大変なことでね。
多喜子　何がです？
豊臣　書き手自身が文学そのものでなくてはならない。神経をむき出しにして、嵐の中に出ていくようなものなんです。
多喜子　何を偉そうに、少々理屈が上手な変人です。
谷　あははは、愉快愉快。
多喜子　その点は近頃の谷先生はご立派です。今連載中の新聞小説、ありもしない盗賊のありもしないでたらめな活劇、くだらないけど面白い。
谷　あはははは、複雑だなあ。こう見えて、内心は人生の苦悩を追い求めているんだけどね。
多喜子　人生の苦悩なんてものをありがたがる必要がどこにあります？　苦悩なんて当たり前に誰でもしょってること、何をいまさら文学だか。
やす代　多喜子さん。
豊臣　いやあ、勉強になります、あははは。
谷　あははは……。

吉田が二階からこっそり下りてくる。

平井　おお、どうだった二階？
吉田　はい、ふすまの間からそっと覗いたんですが、お二人ともずっと黙ったままで。
平井　黙ったまま？
豊臣　塚口さん胸が張り裂けているのさ。
横山　昔の恋人の妹との出会い、再び燃え上がる恋の炎ですか？
谷　ああ見えて純情だからな。
豊臣　上村紗江子との恋が成就していないのも、想いが尾をひく恋の道。
竹原　なるほど。
横山　妹まで黙ってるのはなぜです？
豊臣　そりゃあ人と人、伝わる思いがあるものさ。
竹原　なるほど。
豊臣　うまく行く恋なんて恋じゃないからね、片恋慕の行き着く先は、こりゃ見物だ。
多喜子　なにかの実験みたいにみんなで面白がって、やだやだ。
やす代　……。

やす代が我慢しきれず立ち上がり、飲めない酒をぐいとあおり、二階へ駆け上がっていく。
するとニ階から花江が駆け下りてくる。

花江　大変、二階から飛び降りるって。
やす代　多喜子さん、布団。
多喜子　はいはい、吉田、手を貸せ。
吉田　はい。

布団を運ぶ多喜子、吉田。
多喜子「先生、狙いを定めて」。吉田「ここです」。

豊臣　こりゃ何事だ?
平井　これが例の儀式です。
豊臣　ああ。

騒ぎの中、大橋が大きな籠をぶら下げて帰ってくる。一人の男を玄関に招き入れている。

大橋　ただいま。
五助　何の騒ぎです。
大橋　多喜子さーん。
五助　お取り込み中なら帰ります。
大橋　いえいえ。

圭吾の声　だあ。
多喜子の声　お見事。
吉田の声　大丈夫ですか先生。
圭吾の声　俺に触るな。

等々人の声、二階から駆け下りてくる花江、血を流しなら部屋に上がってくる圭吾、布団を片づける多喜子、とにかく騒々しい。

多喜子　あんた。
五助　……。
多喜子　ここで何してるの？
五助　やっぱり帰ります。
多喜子　ちょっと、これお願いします。（布団を大橋に押しつける）

五助が逃げるように去っていく、多喜子が追う。
圭吾を挟んで一方にやす代、一方に花江、成り行きを見守る人々。
鼻血を拭こうとする吉田。

圭吾　触るな吉田。

吉田　すいません。
花江　どうして姉があなたと関わったのか、一時間も眺めてみたけれどさっぱりわからない。
圭吾　……。

成り行きを見守る人々、目線をはずし、見てみない振り。

花江　何が純愛よ、意地汚く迫ったんでしょう？
圭吾　……。
花江　姉が死んだからといって、都合のいいことばかり。
豊臣　ククク。
圭吾　……。
やす代　何か仰ってください、好きなことを言われてますよ。
圭吾　……。
大橋　（布団を片づけやってきて無遠慮に）さっき、多喜子さんの旦那さんという人が、玄関の前に立っていました。それから、先週絞めたお花のことですが、あれは鶏違いだったそうです。似ているものですから、追っているうちに妹の竹を捕まえてしまったそうで、竹はまだ卵を産めたそうです、可哀相なことをしました。
やす代　向こうへ行っててください、取り込み中です。
大橋　あ、はい。

花江　とにかくもう書かないでください、姉が可哀相です。
平井　割って入ります、ごめんなさい、担当編集者です、つまりこうです、作家にとって現実と真実は違う。
花江　勝手なことを仰らないで。
平井　そりゃ身内の方にしてみれば書かれたくないこともあるでしょ。でもねお花さん。
花江　花江です。
平井　ごめんなさい、お姉さんも同じ作家だった、その辺のことはわかってもらえるんじゃないでしょうか。
花江　あそこに書かれているのは、作家としての姉ではありません、女としての姉です。
やす代　そんなこと当たり前じゃないですか、何を仰ってもこの人は書きます、作家ですから、男のこと女のこと、書き続けます。
花江　作家が何よ。
やす代　作家は作家です。
花江　言ってることがさっぱりわからない。
やす代　馬鹿。
花江　何よ。

やす代と花江が取っ組み合いのケンカを始める。
男たちに引き離される。

花江　馬鹿。
やす代　……びっくりした、私にケンカができるんなんて。
圭吾　平井君、連載はしばらく中止にしよう。
平井　先生。
圭吾　中止だ。
平井　何を言ってるんですか？
やす代　（前台詞にかぶせて）何を言ってるんですか、書いてください、この女のために書くのを止めるのなら、私はどうなります？　私のために止めるのならいざしらず、この女のために、それじゃ私は何なんですか？
圭吾　取り乱すなやす代。
やす代　取り乱してるのはあなたです。
圭吾　……。
豊臣　もういい（花江に）帰ろう。
花江　姉はだらしのない女でした。姉のこと大嫌いです、女流作家として生きるために、女を振りまいて……何が純愛なものですか。
豊臣　もういい。
花江　姉のことであなたは傷ついたかもしれません、姉だってあなたを傷つけたことでぼろぼろになっていました。そんなこと見たくも聞きたくもありません。

豊臣　もういい、塚口さん、少々いたずらが過ぎた、また今度ゆっくり飲みましょう。
圭吾　ご自由に。
豊臣　さあ、帰るぞ、いやあ、勉強になった、そうだ、塚口さんの連載が中止になるなら、そのあとは私が。
谷　おい。
豊臣　さあ、帰るぞ、わははは。
花江　靴。
豊臣　靴なんか、何足でも買ってやる。

豊臣が花江を引っ張って帰っていく。

平井　人騒がせな。
谷　くそ、豊臣を殴ってくる（行こうとして）……誰か止めたらどうだ。
圭吾　……吉田、勉強になったか？
吉田　……ありがとうございました。
圭吾　酒だ、酒。

やす代が黙って部屋を出ていく。
圭吾はその辺りにある酒をとり、大量の薬を口に放り込み流し込もうとする。

谷　また、止めろ、そんなことをしてたら本当に死ぬぞ。
平井　先生。

薬を飲むのを止められる。
床にバラバラと薬が散らばる。
圭吾が二階へ上がっていく。

谷　吉田。
吉田　はい。（二階へ上がっていく）
竹原　（散らばった薬を拾っている）まったく、私には何が何だかさっぱりわからない。
横山　（拾っている）まあね……死ぬ気ですかね？
谷　なーに死ぬ気ならこっそりやるさ、止めてもらいたいのさ。ま、しかし、誰か言ってたが作家というのは女のことと自殺することしか考えない、言われてみればその通りかもしれん。
平井　心配だ、ちょっと二階へ。
谷　うん、頼む。
平井　（拾った薬を窓から投げ捨てる）何だこんなもの。（二階へ）
竹原　上村紗江子というのはどんな女性だったんです？
横山　評判は良くなかったね、作品を売るために出版社のお偉方と。

谷　ま、彼女も大変だったんだよ、女流には厳しい世界だ。
竹原　圭吾先生はそれをご存じで。
谷　あとでそれを知って、苦しんだのさ。張り裂ける胸の音、絶望の暗闇さ。
竹原　本当に二人の間には何もなかったんですか？
横山　どうだろう？
谷　苦しくて手が出せなかったんだろう、くだらない出版社のお偉方と、抱いてしまえば自分も同じになる。自分の精神を貶めることが耐えられないのさ。
竹原　なぜそんなことを書かなきゃならないのでしょう。私が塚口圭吾を敬愛するのは、時代を睨む目です。戦争が終わりすべての価値がひっくり返り、我々がオタオタしている時、塚口圭吾が、新しいものの見方を教えてくれた、戦争のこと、混沌のこと、人間のことを。
谷　うるさい、君は何もわかっていない。時代を見つめる目も女を見つめる目も同じってことさ、どっちが好きとか嫌いとか何を言ってるんだ、編集者なら書き手のすべてを見つめろ。つまらん女のことで絶望しているような男が、時代を見つめている、それが文学だ。
横山　絶望ね（薬を窓から捨てる）……おや、何かいるぞ。
谷　え？

大橋が出てくる。

大橋　お花です。

横山　お花？
大橋　可哀相なのでもらってきました、庭で飼ってやります。
谷　卵も産まないのに。
横山　あ、お花がアドルムを食ってる。
竹原　大丈夫ですか？
大橋　どうしました？
谷　いや、何でもない。太郎さんも大変だね、鶏の心配まで。
大橋　いえいえ、他に心配することもないのでちょうどいいです。いつも心配をかけるばかりなので、たまには心配するのもいいものです。
谷　圭吾さんに潰されないように気をつけなきゃ。
大橋　はい。
谷　さて、そろそろ私は帰るか。
横山　では我々も。
谷　仕事もあるし。
竹原　よろしくお願いします。
横山　奥さんにご挨拶を。
谷　いやいや、今日はもう……（奥に呼びかけて）やす代さん、帰ります。いえいえ、お見送りは結構、このまま帰りますので。
横山　だったら黙って帰った方が。

谷　うるさい、さあて飯の種の駄文を書きますか。
大橋　ご苦労様でした（花子が気になる）お花。
竹原　失礼します。
大橋　お花が変です。
横山　失礼します。
大橋　お花が。
谷　太郎さん、圭吾さんに何かあったらすぐに連絡を。
大橋　はい、お花が挙動不審です。
谷　それじゃまた。

谷、横山、竹原が去っていく。

大橋　お花……。

やす代が出てくる。

やす代　……皆さんは？
大橋　今。
やす代　どうしました？

大橋　お花が。
やす代　お花（外を覗いて）……まあ。
大橋　庭に慣れないのか落ち着かなくて。
やす代　朝うるさく鳴いたりしないかしら？
大橋　さあ。
やす代　先生のお休みを邪魔したら大変。
大橋　ああ。
やす代　鶏にも睡眠剤は効くかしら？
大橋　さあ。
やす代　細かく砕いて餌に混ぜて。
大橋　どうでしょう？
やす代　細かく砕けばきっと……。（ふと涙がこみあげて声が詰まり）
大橋　やす代さん。
やす代　馬鹿ね私、鶏に睡眠剤なんて馬鹿なことを。
大橋　圭吾さんのことが心配ですね。
やす代　ええ……泣いたなんて言わないでくださいね。
大橋　はい。

多喜子が五助を連れて戻ってくる。

多喜子　……先生は？
やす代　二階だと思います。
大橋　ああ、旦那さんはどうしました？
多喜子　……。
大橋　（玄関に見つけて）いらっしゃるじゃないですか。
多喜子　いいんです。
大橋　どうぞ上がってください。
多喜子　いいんです。
大橋　多喜子さんの旦那さんです。
やす代　あら、どうぞ。
多喜子　お構いなく。
やす代　そんなわけにはいきません、ささ、どうぞ。
五助　（頭を下げて上がってくる）……。
多喜子　どうもすいません。こちら奥様、こちら同居なさってるご親戚。
やす代　初めましてどうぞ（椅子へ）お飲物は？
多喜子　いえいえ。
大橋　お茶でも入れてきます。
多喜子　とんでもありません。

大橋　たまにはいいじゃありませんか。
多喜子　すいません。
五助　……。
やす代　ご主人どうかなさったの？
多喜子　こんな顔してますが頭が弱いわけじゃないんです。ちょっと笑っちゃうんですけど。
やす代　……。
多喜子　この人、自分も文学をやりたいだなんて言うんです、ククク、あははは。（口にした途端笑いがこみ上げて止まらない感じ）
やす代　多喜子さん。
多喜子　だってあんまり突拍子もないことを言い出すから、あははは。
五助　帰ります。
やす代　まあまあ、多喜子さん。
多喜子　すいませんすいません。
やす代　なにかお書きになりたいことがあるの？
五助　……。
多喜子　口べたで。
大橋　どうぞ。
五助　（お茶を飲み）……兵隊で、九州にいるとき、荷物の運搬で、トラックに乗せられて、ちょうど、長崎の辺りにさしかかり。

大橋　長崎。
五助　はい、見たんです、あの、大きな雲を……。
多喜子　それで？
五助　私は、床屋ですから、剃刀のことはわかるんです。ほっぺたを切れば、赤い血が出る、しみるし、痛い、でも、あの爆弾は、いっぺんに人が、蒸発して、消えて、わかりません、何だか想像の埒外で……。
やす代　……。
五助　そのことを考えると、頭がぼんやりしてきて、訳がわからなくなって、仕事も何も、手がつきません、これを説明できないと、私は、つまり、それをやるのがきっと、つまり……。
多喜子　つまり文学だって言うんです。それで先生にご相談できないだろうかって言うんです。先生は忙しいし、あんたなんかに構ってる暇はないって言ったんですけど、この人があんまり深刻な顔をしているもんで。
五助　……。
やす代　今日は無理だと思うけれど。
多喜子　いいえ、いいんですいいんです。
やす代　そうだ、よかったら昼間、髭を当たりに来ていただけません？　いつも私がやらされているんですけど、怖くて。その時にでも、そんな話ができたら。
五助　……はい。
多喜子　すいませんお気遣いを。

やす代　いいえ。
多喜子　あんた今日はこれで。
五助　ああ……。
大橋　ゆっくりしていけばいいじゃありませんか。
多喜子　いえいえ、私も今日はこれで。
やす代　ご苦労様。
多喜子　いえいえ、飲み過ぎました。それでは、また明日。
大橋　お休みなさい。

多喜子と五助が去っていく。
平井が二階から下りてくる。

平井　先生だいぶ落ち着きました、横になってます。
やす代　そうですか。
平井　手洗い、借ります。（便所へ）
やす代　（玄関に花江の靴を見つけ片づける）……。
大橋　（応接間の方を片づけている）
やす代　いやだいやだ……。（玄関の掃き掃除を始める）
平井　（出てきて）こんな時間に。

やす代　……。
平井　今日はこれで失礼します。
やす代　もう本当に書かないんでしょうか？
平井　さあ……大変ですね奥さん。
やす代　奥さんなんて……。
平井　何でも言ってください、相談に乗ります。
やす代　すいません。
平井　あれ、僕の靴が。
やす代　あら、片づけてしまったかしら？

靴を捜してやす代がしゃがむ、平井もしゃがむ、酔っているのか平井が体勢を崩し、やす代の上にかぶさる。

やす代　止めてください。
平井　いいえ、違います、奥さん。
やす代　駄目です。

などともつれている所へ二階から圭吾が下りてくる。

平井　先生。

見てはいけないものを見たようにぎょっとして圭吾が応接間へ。

大橋　どうしました?
圭吾　何でもない……何でもない。
やす代　(応接間へ) 違います、違います。
圭吾　……。
平井　(玄関から呼びかける) では、今日はこれで、失礼します。
圭吾　ああ。
平井　失礼します。

平井が去っていく。

大橋　どうしました?
圭吾　何でもない。
やす代　違います。

二階から「ううう」と吉田の声。

大橋　何です？

圭吾　吉田が縛られてる、助けてやってくれ。

大橋　はい。（二階へ）

圭吾　吉田は駄目だ、力がない、見張りには役不足だ。

やす代　……。

圭吾　何も言うな、集中したいんだ、無駄な混乱は極力抑えたい。作品が書ければ、私はそれでいいんだ。

やす代　私はお邪魔ですか？

圭吾　誰がそんなことを言っている。いや、それはこっちの台詞だ、お前は自由にしていればいい。私のそばにいたくなかったら、この家を出てもいい。

やす代　どうしてそんなことを。

圭吾　いいから黙っていてくれ。

やす代　あなたの苦しみを、私の苦しみにすることはできないんですね。

圭吾　……当然だ、俺の苦しみとお前の苦しみは別々にある。それで一緒に暮らす意味がないと思うなら、もう終わりにするしかない。

やす代　そんな。作家の妻なんて、つまらないですね、あなたの作品は私のものではないんですもの。

圭吾　何も言うな、こんな気分で話をしても、神経ががさがさと気の滅入る音を立てるだけだ、私だって機嫌のいいときもある、そんな時には別の話もできるさ。

やす代　勝手な理屈。
圭吾　まったくだ、あははは……。

庭のお花が鳴く、コケコッコー。

圭吾　……?
やす代　……お花です。
圭吾　お花?
大橋　(二階から駆け下りてくる)お花です。
圭吾　なぜうちに鶏が?
やす代　さあ。
圭吾　こんな時間になぜ鳴くんだ?
やす代　さあ。
大橋　ああ、お花が卵を産んでます。
やす代　まあ。
圭吾　……。

吉田が紐が解けぬまま、二階からずり落ちてくる。
またお花が鳴く、灯りが落ちていく。

4 一週間後、疑り深い作家

庭の方からコツコツと（大橋が）何かを砕く音が聞こえる。
平井が五助に髭を剃ってもらっている。
竹原と芝山が碁を打っている。
横山が庭を眺めている。

横山　……太郎さん、そりゃいったい何をやってるんです？
大橋の声　砕いてるんです、お花の餌です、食べやすいように。
横山　何を砕いてるんです？
大橋の声　薬です、鳴かないようにぐっすり眠らせないと。
横山　はあ、なんだかわからないけど大変ですね。
大橋の声　圭吾さんの仕事の邪魔になりますから。
横山　ご苦労様です。
大橋　（窓から顔を出し）芝山先生、質問してもよろしいでしょうか？
芝山　どうぞ。
大橋　人以外の動物に飲ませる睡眠薬の量はどれぐらいでしょうか？

芝山　そんなことやったことはないが、動物の目方を量って、塩梅すればいい。人の半分なら薬も半分。
太郎　鶏はばたばたして計りにくいと思いますが。
芝山　薬で眠らせて計ったらどうです。
大橋　わかりました。（引っ込む）
横山　大丈夫かな。
平井　あ、痛。
五助　すいません。
平井　多喜子さーん、絆創膏。

多喜子が出てくる。

多喜子　大声出すのは止めてください、先生に怒られます。
平井　わかってるけど。
多喜子　こんなのかすり傷です、はい。（適当に絆創膏を貼る）
平井　もう。
多喜子　少しは勘、戻った？
五助　まあ。
多喜子　次、横山さん、どうぞ。

横山　いいですよ。
多喜子　そんなこと言わないで、いきなり先生の顔をやるわけにいかないでしょ。
横山　やだなあ練習台は。
竹原　最初にやるよりはいいじゃありませんか。（絆創膏《ばんそうこう》だらけ）
横山　まあね、よろしくお願いしますよ。
多喜子　（芝山に）先生、どうもすいません。
芝山　いえいえ、お気になさらず、作家の仕事は時間通りにはいかんでしょ。
多喜子　そうじゃなくてちょっとお願いしたいんです。
芝山　何です。
多喜子　奥さんが具合が悪いそうで。
芝山　おや。
多喜子　ちょっとお願いできますでしょうか？
芝山　行きましょう、ごめんなさい。
竹原　いいえ。
多喜子　お願いします。
平井　どうしました？
多喜子　いいえ、何でも。

多喜子と芝山が出ていく。

平井　何だろう？
竹原　さあ。
平井　（太郎へ）お花が卵を産んだんですって？
大橋の声　ええ、一度だけですが。
平井　何か気分の変わることでもあったんですかね？
大橋　さあ、おめでたいことです。
平井　ええ。
横山　変わった人なんですよ。
五助　……。
横山　先生の遠い親戚らしいけど、聞いてみると遠すぎて本人も何だかわからないらしくて。空襲で焼け出されて、行き場のないところを先生に拾われて。
平井　先生も人がいいよ、ただ遊ばせてるんだから。
横山　先生に言わせると、あれは一種の天使だって。
竹原　てんし？
横山　エンジェル。
竹原　はあ。
五助　動かないでください。
横山　はいはい。

平井　これは噂だけどね、あの天使は戦争に行くのがイヤで、馬鹿の振りをしているうちに、引っ込みがつかなくなって本当に馬鹿になったって話でね。

横山　まさか。

平井　いやいや、人なんて何をやり出すか、わからんからね。今じゃ、特攻隊が闇屋をやり、戦争未亡人が米兵相手のパンパンをやる時代だ。

横山　嘆かわしいね。

竹原　いえいえ、人は落ちる所まで落ちないと、再生しません。

平井　「堕落の勧め」、先生の受け売りだな。

竹原　天国を目指すものはまず地獄の門をたたけ。私にはこの意味がよくわかります。

横山　逆説でしょ？

竹原　単なる逆説じゃありません、私は東京の焼け跡を見てある種の清々しさを感じました。つまり滅びてこそ、新しい旅立ちがある、この実感です。

横山　そうかな。

竹原　人間においても、同じです。「まず滅びよ、そして再生せよ、国家を、人を支えるのは天皇制でも武士道でも靖国でもない、落ちて尚立ち上がろうとする脚力のみ」、まったく共感できます。

平井　まったく影響されてるね。

竹原　いけませんか？

平井　いけなくはないけど、編集者たるもの少しは冷静じゃないと。

五助　……死んだ人間はどうなります？考える間もなく死んだ人間は、立ち上がろうにも……。
平井　うん、戦争はむごいむごい。
五助　焼け跡を眺めて、清々しいだなんて、私はとても……。
横山　剃刀《かみそり》、五助さん剃刀。
五助　すいません。
平井　編集者がセンセーショナルな言葉の表面に酔ってしまっちゃあ、本質を見損なう、我々が感情移入すべきは、それを書くに至った、作家の生き様だ。字面に惑わされちゃいかん。
竹原　はあ。

吉田が原稿を持って二階から下りてくる。

吉田　お待たせしました。
平井　お、ご苦労様。
吉田　（あとの二人へ）もうしばらくお待ちください。
横山　はいはい。
平井　（さらりと目を通し、二階へ叫ぶ）先生傑作でーす。
竹原　何だかなあ。
横山　あははは、おい吉田君、髭を剃ってもらいなさい。
吉田　いえ、結構です。

横山　遠慮せずに。
吉田　はあ……。
五助　どうぞ。
吉田　すいません。
横山　結局先生上村紗江子のこと書き続けましたね。
平井　そりゃ簡単に止めるわけにはいかないでしょ。正直言って、読者の評判は今ひとつなんだけどね、ま、これも作家の生き様で。吉田君今の聞かなかったことにして。
吉田　はい。
竹原　あの妹のことは平気なんですか？
平井　そのことなんだけどね、どうもあれ以来、先生とあの妹が密会をしてるそうだ。
横山　密会？
平井　二人で酒を飲んでるのを目撃した奴がいる。
横山　へえ。
平井　じつはそれは私なんだがね。私が観察した様子では、どうやら二人は惹かれあってる。
竹原　本当ですか？
横山　姉に寄せた思いが妹へ。
平井　作家なんて、実に妄想の固まりだから、想いが想いをよんで、膨らみますよこれは。
竹原　なるほど、それで妹を説き伏せて書き続けられてるわけだ。
横山　へえ、驚きだな、誰か仕組んだんじゃないですか、その密会？

平井　じつはそれは私なんだがね。
横山　やっぱり。
平井　作品を書かせるためには、手を尽くしますよ。ね、これが編集者というものですよ。
竹原　まったく勉強になります。
平井　わははは、吉田君今の話聞かなかったことにして。
吉田　はい。

やす代と多喜子が出かける様子。
芝山が応接間に戻ってくる。

やす代　ちょっと留守にします。
平井　どこかへお出かけで？
多喜子　いいえ、すぐに戻りますので、ささ、奥様。

やす代と多喜子が家を出ていく。

平井　どうかしたんですか？
芝山　結構な話です。
平井　何がです？

芝山　今病院を紹介したんですが、まず間違いないでしょう。おめでたです。
五助　え。
吉田　ひぃー。
平井　多喜子さんじゃなくてやす代さんでしょ？
芝山　そうです。
五助　ああ、すいません。
平井　ひーはないだろう、男のくせに。
吉田　だって剃刀が……。
五助　すいません。
芝山　わははは、そう、こういうことは誰でも取り乱します。
平井　へえ、先生に子供ねえ。
横山　想像つかないな。
芝山　きっとこれは塚口さんにとって何よりの薬になるでしょう。子供の力は大きい、いやいや、おめでたい。
大橋　（顔を出して聞いている）……。
竹原　赤ん坊ね、先生どんな顔するでしょうね。
平井　さあ、皆目見当がつかないね、意外と大喜びだったりして。
大橋　（姿を消す）
横山　反応が楽しみだな。

芝山　ま、しかし、きちんとした結果が出るまでこのことは塚口さんには伝えない方がいい。
平井　ああ、そりゃそうだ。
横山　うん、その方がいいな。

庭から回った大橋が二階へ駆け上がる。

圭吾の声　おめでた?
横山　ああ。
平井　早まった……。

シンとしている、成り行きに耳そばだてる応接間の人々。
ややあって大橋、階段上に現れ。

大橋　吉田君布団、先生飛び降りるって。
吉田　は、はい。

しかし時すでに遅く、だあーと圭吾が飛び降りる。
がらがらと音、逃げまどうお花の鳴き声。

吉田　大丈夫ですか？
平井　先生。

血まみれで着乱れた圭吾が応接間に。

圭吾　平井……平井、平井。
平井　な、何でしょう？
圭吾　お前か……お前だな、お前だろ？
平井　何を仰ってるんです？
圭吾　やす代の腹の子は、お前の子だな？
平井　何を馬鹿なことを。
圭吾　天誅をくらわす。
横山　先生。
竹原　止めてください。
横山　手におえん、谷先生を。
吉田　は、はい。

吉田が駆け出していく。

平井　何を根拠にそんな馬鹿なことを言うんです。
圭吾　根拠はお前のいやらしい心だ。
平井　冗談じゃありません。
圭吾　人は皆いやらしい。
平井　誤解しないでください、私は違います。
圭吾　それなら誰だ？　お前か？
横山　いいえ。
圭吾　お前か？
竹原　まさか。
圭吾　すると（芝山を指さし）ああ。
平井　先生落ち着いてください、馬鹿な妄想です。
圭吾　妄想を馬鹿だというなら作家は皆頭がおかしい、平井、平井、貴様。
竹原　止めてください。
横山　先生。

つかみかかる圭吾、止める人々、振り回される。
芝山が割って入り、あっさりと圭吾を組み伏せる。
圭吾が泣きじゃくる。

圭吾　張り裂ける胸の音を聞いた、張り裂ける胸の音を……。
平井　先生。
芝山　もういい……。

芝山が編集者たちに目配せをする。
平井、横山、竹原、帰り支度をし家を出ていく。
圭吾の泣き声がやがて収まる。

芝山　どうしてこんな姿を人に見せなきゃならないのか、私にはさっぱりわからないね。
圭吾　……仰る通りです。
芝山　大変だ。
圭吾　ええ。
大橋　すいません、余計なことを。
芝山　余計なことじゃない、この人がややこしいだけだ。
五助　どうぞ。（手ぬぐいを）
大橋　多喜子さんの。
圭吾　ああ……やってくれ、さっぱりしたい。
五助　あ、はい。
芝山　……奥さんのお腹の子を疑う根拠は何です？

圭吾　私には子種がない。
芝山　そんなこと調べてみなきゃわからん。そう思ってた男が突然子供に恵まれた例はいくらでもある。
大橋　僕は父親が六十を過ぎてからの子供です。父親にとってははじめての子供で、もう子供はできないと思っていたそうですが。
圭吾　父親の種だという証拠はどこにある？　間男の種かも知れない。
大橋　そんな。
圭吾　母親はお妾さんだろ、だったらなおさらだ。
芝山　塚口さんあなたノイローゼだ、仕事を休んで一度入院でもした方がいい。
圭吾　先生申し訳ないが今日はもうお引き取りください。小言をもらう気分じゃありません、ノイローゼが悪化します。
芝山　……わかりました。
圭吾　ありがとうございました。
芝山　自分で何とかしようと思わない限り、何ともなりませんよ。
圭吾　……。

芝山が帰っていく。
入れ替わるように豊臣がこっそりと入ってくる。

圭吾　お名前は？
五助　五助です。
圭吾　五助、五番目ですか？
五助　ええ。
圭吾　私もだ、五助に圭吾。

豊臣が応接間の中に静かに入ってくる。
圭吾は髭を剃られ目を閉じているので気がつかない。
大橋が声を出して挨拶しそうになるが、豊臣が止める。

圭吾　長崎できのこ雲を見たんですって？
五助　ええ。
圭吾　その驚きを文学にしたいんですって？
五助　……文学ってほどのことは。
圭吾　謙遜することはない。
五助　知りたいと思って。
圭吾　ええ。
五助　教えてもらいたいと……。

豊臣が五助の剃刀を静かに取り上げ、
五助の代わりに圭吾の髭をそり始める。

圭吾　心構えは立派なものだ。しかし、文学ってのはなかなか大変でね。
豊臣　……へえ。
圭吾　あなたの体験したことは、こりゃあなたのものだ。私には教えようがない。
豊臣　へえ。
圭吾　何も文章を書くことだけがすべてじゃない、沈黙も、行動も、また文学。
豊臣　なるほど、つまり私には才能がないから、黙ってろと。
圭吾　豊臣。
豊臣　おっとお客さん、動くと血が吹き出ますよ。
圭吾　何をしてる。
豊臣　髭を剃ってます。
圭吾　止めろ。

花江が駆け込んでくる。

花江　誤解よ。
豊臣　この女と遊んだんですって？

圭吾　何を言ってる？
花江　お酒を飲んだだけよ。
豊臣　酒を飲むと人は酔っぱらう、ただでさえいやらしい人間が、もっといやらしくなる。
圭吾　くだらん嫉妬は止めろ。
豊臣　くだらない嫉妬と仰いましたかこの口が。いけませんねえ作家がそんなことを、この口を切り取ってしまいましょう。
圭吾　すまん謝る許せ……。
豊臣　おやおや、やっぱりこの女と何かありましたか？
圭吾　違うそうじゃない。

谷と吉田が駆け付ける。

谷　何をしてる？
豊臣　くだらん嫉妬です、お構いなく。
圭吾　助けてくれ。おい、関係ないと言いなさい、二人の間には何もないと言いなさい。
花江　何を言っても信じてくれないもの。
圭吾　簡単にあきらめるな、最善を尽くせ。
花江　わかるでしょ、こんな人よりあなたの方が好き。
豊臣　そんな問題じゃない。

圭吾　そうだ、そんな言い方はない。
豊臣　この男に心が揺れたのかどうかって話だ。
花江　揺れるわけがないわ、つまらない男。
圭吾　おい、そんな言い方は止せ。気のあるような素振りを見せたじゃないか。
花江　冗談じゃない、必死で口説いたのはそっちでしょ。
圭吾　いい気になるな、それはお前の思い上がりだ。
花江　こんないやらしい男に出会ったのは生まれて初めて。
圭吾　おい。
豊臣　さようなら。（手にした剃刀を圭吾の喉元に走らせる）
圭吾　うわーうわー。
吉田　先生。
谷　何をする、大丈夫か……切れてない。
豊臣　峰打ちです、峰剃り……。
花江　いい加減にしてちょうだい。
谷　こりゃいったいどういうことだ？　やす代さんを疑って暴れてると聞いてきたが、疑われてるのはこっちじゃないか。
圭吾　人生攻めたり攻められたり、あははは、酒だ酒。（腰が立たない）
谷　無理しなさんな。
豊臣　で、実際のところはどうなんです？

圭吾　だから何もないと言ってるじゃないか。
豊臣　だとしても、何かあればいいなとは思ったわけでしょ？
圭吾　そりゃまあ、思った。
豊臣　そっちは？
花江　何かあればいいなとこの人が思ってることは伝わったわ。
豊臣　伝わってどうした？
花江　伝わって……どうもしないわよ。止めましょうよこんな話。
豊臣　いいんだ、これは人生の勉強だ。
圭吾　馬鹿馬鹿しい、そんなことは誰だってわかってる、学ぶ必要はない。人は皆いやらしい、こんなことは床屋の五助さんだって知ってる、ねえ五助さん。
五助　は、はあ。
豊臣　まともな人間には理性がある、そうでしょ五助さん？
五助　はあ、多分。
圭吾　理性なんか当てになるか、五助さんだって獣だ、ねえ。
五助　さあ。
豊臣　獣なら悩むことはない、我々は人間だ。
圭吾　獣だって苦しいさ、雌を取り合って命がけのケンカをする。
豊臣　悩むこととケンカは違う。
圭吾　どうなんです五助さん？

五助　……私は獣じゃないし。
豊臣　どうも、塚口さんも私も理性が欠けている。
圭吾　そんなことはない。
豊臣　かといって獣ではない、悩み苦しむ。
圭吾　結構なことです。
豊臣　どうすりゃいいんです？
圭吾　書けばいい、我々は書くしかない。
豊臣　そう書くしかない、さてしかし、その後は、その後はどうします？
圭吾　その後……。
豊臣　何か答えが見つかるなんて、到底思えない。
圭吾　答えが見つかると思う方が馬鹿げている。
豊臣　そんなことはわかってる、だが馬鹿げているならどうして悩む。のたうち回って、苦し紛れにおどけて見せて、女を抱いて、くだらない……何だかこれでは、生まれてきてごめんなさいって気分だ。
谷　……こりゃまた随分弱気だ。
圭吾　酒だ、こんな馬鹿話、素面できるか。行こう、付き合う。
豊臣　そりゃいい。
吉田　先生。（止めようとする）
谷　おい。（吉田を止める）

圭吾と豊臣が家を出ていく。

谷　おい。
吉田　はい。

吉田が後を追う。

花江　やだやだ、肝心なときに女は置いてけぼりよ。
谷　なーに、私だって同じだ。しょっちゅう呼び出されるが、いつもこの様だ。
花江　……。
谷　気にすることはない、言ってた通り馬鹿話だ、肝心要の時は、お供するのはあんたのような女に決まってるさ。
花江　どこに連れて行ってもらえるのかしら。
谷　さあ。
花江　馬鹿話の仲間にしてもらいたいわ。
谷　あははは、悩みつきない馬鹿話だけどね。
五助　(道具をしまい帰り支度を始める)
大橋　多喜子さんの。

谷　ああ、噂は聞いたよ、どうです勉強になりましたか？
五助　……何だか頭が混乱して。
谷　あははは。
五助　失礼します。
大橋　ご苦労様でした。
谷　書くしかありませんよ、ひたすら書くんです。
五助　はい。

五助、玄関でつまずいたりしながら帰っていく。

谷　ありゃ今晩寝付けないね興奮して。
大橋　そうだ、薬をあげてきます。
谷　薬？
大橋　お花の。
谷　お花の？
大橋　行ってきます。

大橋が出ていく。

谷　何だか……変わった男でねえ。やや、ふと気がつくと、二人きりだ。
花江　あ、私帰ります。
谷　いやいやいや、まあまあまあ。こう見えて私は紳士だから、心配ご無用、ちょっと話したいこともあるし。
花江　手短にお願いします。
谷　上村花江、いい名前だ、うちのお袋がお花って名で、まず親近感が湧く。ここの鶏もお花って名前で、他人とは思えない。
花江　やっぱり帰ります。
谷　まあまあまあ、どうしてお姉さんのことを書くのを認めたんです？
花江　認めたわけじゃありません。
谷　だって。
花江　豊臣が書かせろって。
谷　何だ圭吾さんに説得されたわけじゃないの？
花江　違います、説得なんかされてません、言い寄られましたけど。
谷　……。
花江　説得されたかもしれませんけど聞くわけがありません。そもそも豊臣が待ってるって言われて酒場に行ったら、塚口さんがいて、よくわからないけど、騙された感じで。
谷　へえ、ま、しかし豊臣の言うことなら聞くわけだ。
花江　そりゃそうです。作家なんてものは馬鹿だから、書かせないと逆恨みされる。作家の書いた

谷　戯言なんて誰も本気にはしないから、気にするなって。
花江　戯言ね。
あんなものをまともに相手にしたらお前も馬鹿になるって。冗談みたいに言うものだから、何だか私も馬鹿馬鹿しくなって。
谷　豊臣らしい。
花江　きっと自分のことを言ってるんだと思って。俺は馬鹿だから本気で相手にするなって。
谷　そういう男だ豊臣は。
花江　大人の様子を伺う子供みたいな目で、笑わない目で冗談を言って、あの目で見つめられると、力が抜けちゃう。
谷　へえ……私の目はどうだろう?
花江　は?
谷　は?　じゃなくて私の目さ、私だって作家の端くれだ。女心を惑わす、それなりの目を持ってると思うんだが。

お花が鳴く、コケッコッコー。

花江　あははは。
谷　お袋にたしなめられた、あはははは。
花江　面白い人。

谷　あはははは……ま、私のことはいいさ、私はつまらん俗物だ。お袋によく言われたもんだ、あんたは小説家になんか向いてないって。だが、ひと言忠告しておく。豊臣治も塚口圭吾も、あれは本物の作家だ。あんまり近づかない方がいい。

花江　……。

谷　彼らの戯言は、肉の一切れ、血の一滴だ。

花江　私だって作家の妹です。

谷　……。

花江　本物かどうか知らないけれど、のたうち回った作家の妹です。作品一つ残りゃしないと思うけど……。

谷　……。

花江　どうぞお構いなく、それじゃこれで、また。

谷　どこに連れて行かれるかわからんぞ。

花江　（笑って）楽しみにしてます、いずれ姉への土産話に、さよなら。

谷　……。

花江が帰っていく。

谷　人間って奴は、どうやら自分を壊すのが好きな動物らしい。どう思うお袋？

お花が、小さく鳴いている。

谷　いいねえ鶏は、羽があっても飛ぼうともしない……なるほどね、無理はするなと鶏の声コッコツ生きると聞こえます、か。

谷が笑っている、灯りが落ちていく。

5　翌日、うろたえてる作家

やす代と多喜子。

多喜子　信じられません、子供ができて喜ばない男がいるなんて。
やす代　……。
多喜子　それも馬鹿な疑いをかけられて。
やす代　……。
多喜子　どうして黙ってるんです。
やす代　大きい声を出すと二階に。
多喜子　聞こえたって構いません、聞こえるように言ってるんです。赤ちゃんができたんですよ、子供は宝じゃありませんか。
やす代　多喜子さん。
多喜子　私なんか子供が欲しくて欲しくてたまらないのに。ああ、もったいない、どうして世の中ってのはこううまく行かないんでしょう。奥さんだって本当ははらわたが煮えくりかえっているんでしょう。
やす代　……。

多喜子　黙ってないで抗議すべきです、おかしいじゃありませんか。
圭吾の声　うるさーい。
多喜子　（二階へ）何かお邪魔になりましたか？
圭吾の声　鶏だ、鶏を黙らせろ。

大橋が走ってきて例の餌をまく。

多喜子　もしかして、まさか奥さん……。

大橋が部屋を出ていく。

多喜子　お腹の子、自信がないわけじゃないんでしょうね？
やす代　馬鹿なこと言わないでください。
多喜子　間違いなく先生の子供なんですね？
やす代　当たり前です。

圭吾がどたどたと下りてきて便所へ。

多喜子　だったら……（便所に向かい）どうして父親になろうって男が、不機嫌な顔して、女房と目も合わさずに、むっつりしているんでしょう。

やす代　多喜子さん。

多喜子　優しく女房を抱きしめてにっこり微笑むぐらいのことがあっても、どこからも文句は出やしませんよ。どうしてそんなにひねくれてるのか、私にはさっぱり……。

圭吾がばたんと出てくる。

圭吾　……お腹の子供、堕ろしてくれ。

やす代　……。

多喜子　え？

圭吾　そうしよう、そうしてくれ。

やす代　……。

多喜子　何ぽかんとしてるんです？

やす代　え？

多喜子　先生も何を馬鹿なことを言ってるんです。

圭吾　わかったな、やす代。

やす代　……。

多喜子　わかるもんですか、そんなことわかってたまるもんですか。畜生、私が代わりに殴ってやる。

多喜子が圭吾を殴ろうとする、やす代が二階に駆け上がる。

やす代の声　飛び降りてやる！
多喜子　奥さん！　先生。
圭吾　ああ、布団、布団。
大橋　（出てくる）はい、ただいま。
多喜子　布団じゃなくて早く止めないと。
圭吾　ああ。

多喜子と圭吾が二階へ駆け上がる。

やす代の声　離して離して。
多喜子の声　駄目ですお腹に子供が。
やす代の声　うわあ。（泣き出す）
多喜子の声　奥さん。
圭吾の声　だあー。
多喜子の声　先生！
大橋　大丈夫ですか？

泣きながらやす代が下りてくる、多喜子も続く。

多喜子　（庭へ）聞こえますか、泣いてますよ、とても激しく泣いてますよ。鬼、作家だか何だか知らないけど、人の気持ちがわからずにどうするんだ。聞こえてるのか鬼。

圭吾　（出てくる）俺の子供だという証拠を見せてくれ。

多喜子　そんなことは産んでみりゃあわかります、先生にそっくりの子供がぽこんと出てくるでしょうよ。

圭吾　何で多喜子さんが自信満々なんだ。

多喜子　どうして先生はそんなに不安なんです？

圭吾　俺の子供か？

やす代　決まってます、私がいつこの家を離れたことがあります？　ずっと先生のおそばを離れたことなんかないじゃないですか。

多喜子　そうです、その通り。

やす代　少しは冷静になってください。

圭吾　……俺にそっくりな子供か。

やす代　……。

圭吾　そんなこと耐えられるか、自分にそっくりの肉のかたまりが生まれるなんて、想像するだけで頭がおかしくなる。

多喜子　そんな考え方がおかしいんですよ。

圭吾　しかし。
多喜子　しかしもへったくれもありません。みっともなかろうが苦しかろうが、人は子供をつくるんです。先生だって人の子じゃありませんか？　よござんす、そんなにいやなら、その子は私が引き取って、五助と多喜子の子供として育てます、子供に本など読ませません、文学なんて毒は遠ざけて、立派に育て上げてみせます。
圭吾　……よし、そうしてもらおう。
多喜子　先生！
やす代　もう結構です、私出ていきます、長い間お世話になりました。
圭吾　おい。
多喜子　ついでに私もお暇をいただきます、長い間お世話になりました。
圭吾　俺の世話は誰がする？
やす代　知りません。そんなに自分の子供が生まれるのがお嫌なら、私にも考えがあります。この子は編集者の平井さんの子供です、そう言うことにさせていただきます。
圭吾　おい。
多喜子　奥さん。
やす代　そういうことをあなたがお望みなんでしょう、それで結構です。先生にそっくりの子供が生まれたとしても、私が平井さんそっくりの顔に変えて見せます。
圭吾　おい、そんな馬鹿なことがあるか？
やす代　お望み通りにするだけです、荷物をまとめてきます。（出ていく）

圭吾　やす代。
多喜子　私も荷物を……私は荷物はありませんけど、先生、このままじゃいけません。
圭吾　うるさい。
大橋　赤ん坊の顔なんてみんな同じようなものです。誰の子供だっていいじゃありませんか、お花も竹とそっくりでした。
圭吾　黙っててくれ。
大橋　すいません。

平井がやってくる。

平井　先生、先生、大変です。
多喜子　いらっしゃいませ、ややこしい時に。
平井　何です？　先生は？
多喜子　応接間に。
平井　先生、大変なんです。
圭吾　お前の顔は見たくない。
平井　どうしてです？
圭吾　どうしてもだ。
やす代　（出てくる）平井さんちょうどいいところにいらっしゃいました。

平井　は？
やす代　荷物を運ぶのを手伝ってください。
平井　な、何の荷物です。
やす代　何でもいいじゃありませんか。
平井　話がさっぱりわかりません。
やす代　このお腹の子供あなたの子供なんです。
平井　ええ？　心当たりがありません。
やす代　いいから荷物を運ぶのを手伝ってください。
圭吾　やす代。
平井　その話はまた後で……。とにかく大変なんです、豊臣治が遺書を残して失踪しました。
圭吾　遺書？
平井　ここ数日連絡がつかず、仕事部屋に踏み込んだ編集者が見つけたそうです。
やす代　あの女《ひと》は？
平井　あの女も一緒です、心中です。
圭吾　心中？
平井　新聞社、出版関係、みんな大騒ぎです。

谷がやってくる。

谷　おい、聞いたか？　豊臣が。
平井　今お伝えしました。
谷　まったく、とんでもないところに連れて行きやがった、豊臣の奴。
圭吾　死んだのか？
平井　わかりません、関係者が手分けして探してるんですが。
圭吾　……。
平井　荷物って何です？
やす代　なるほどいいこと思いついた。
平井　え？
やす代　太郎さん車を探してきてください。
大橋　え？　は？
やす代　車です急いで。
大橋　はい。（出ていく）
やす代　吉田君吉田君！
吉田　（出てくる）はい、なんでしょう？
やす代　薬屋で睡眠薬をありったけ買ってきてちょうだい。
吉田　え？　しかし。
やす代　いいから早く。
吉田　はい。（出ていく）

多喜子　奥さん。
谷　何をする気です？
やす代　心中です。
谷　心中？
やす代　先生そうしましょう、作家らしくっていいじゃありませんか。そうすればこのお腹の子を平井さんそっくりに作り替える必要もないし、作家の妻と子供として、命を完結できます。
多喜子　奥さん。
圭吾　落ち着け。
やす代　落ち着いてます、豊臣さんが発見される前に、先にやってしまいましょ。最初の方が目立ちます。
圭吾　そういう問題か？
やす代　とにかく急ぎましょう、車を見てきます。

やす代が玄関を開ける。
そこに豊臣と花江が立っている。

やす代　きゃあ。（ドアを閉める）
多喜子　どうしました？
やす代　幽霊。

多喜子　幽霊？

豊臣と花江が入ってくる。

豊臣　お邪魔します。
平井　ああ！
谷　豊臣。
豊臣　新聞雑誌がうるさい、しばらくかくまってください。
圭吾　どうしたんだ？
豊臣　死に損ねました、何しろ水が冷たくて。
花江　死ぬかと思いました。
豊臣　多喜子さん彼女に着替えを。
多喜子　は、はい。
やす代　私のを。
多喜子　はい、こちらへどうぞ。
花江　すいません。

多喜子と花江が出ていく。

豊臣　みっともなくて、しばらく世の中に顔向けができません。どうぞほとぼりが冷めるまでお静かに。
平井　約束しかねますねえ。
豊臣　この件に関する原稿は真っ先にお宅に書くそれでいいだろう。
平井　ありがとうございます、決して他言いたしません。
豊臣　時期を間違えました、入水自殺は夏じゃないと、あはははは。
谷　笑い事か！
圭吾　どうしてそっちは濡れてないんだ？
豊臣　試しに向こうを先に、私は心臓が弱い。
圭吾　何だか……あんたのせいでこっちも後追い心中をするところだった。やす代聞いての通りだ、この時期は心中には不向きだそうだ。
やす代　……何も水に入る必要はありません。
豊臣　これお貸ししましょう（紐）これでどこまでも一緒です。
やす代　（気味悪がって）きゃあ。
豊臣　忠告しておきます、遺書は書かない方がいい、中止の時にしゃれにならない。
谷　あはははは。
圭吾　馬鹿馬鹿しい。
谷　ま、良かった、とにかく良かった。
圭吾　それでどうするつもりだ？

豊臣　だからしばらくご厄介になります、とても家には帰れない。
谷　しばらくってどれぐらい？
圭吾　さあ、一週間、一月、いやいや一年。
豊臣　冗談じゃない。
谷　姿を見せなきゃ、本当に死んだってことになって、それこそ出られなくなる。
豊臣　それもいいかな。
圭吾　ふざけるな。
やす代　どうして死のうと思ったんですか？
豊臣　書くことがなくなったんですよ。
やす代　そんな。
豊臣　冗談だと思うでしょうが本当です。心から書きたいと思うことなんかそんなにあるもんですか。
平井　先生、先ほどの約束はお願いしますよ。
豊臣　大丈夫、とりあえず今回のことでひとつ話のタネができた。
平井　ありがとうございます。
豊臣　奥さん、作家の死ぬ理由なんて他にありません。
花江　（出てくる）私のこと？
豊臣　え？
花江　死ぬ理由。
豊臣　そう、永遠の愛を求めて。

花江　嘘ばっかり。
豊臣　あははは。
花江　奥さん意外と派手。
大橋　（戻ってくる）車見つかりました。
やす代　もういいんです。
大橋　は？
やす代　断ってください。
大橋　え？
平井　ああ、だったら私が、会社の方に話は通しておきます。
豊臣　よろしく。
平井　それでは。

平井が去っていく。

大橋　それから編集者の横山さんと竹原さんがこちらに向かってます。今車で追い越してきました。
豊臣　おいでなすった、ハイエナの皆さん。（花江に）おい、愛の国へ隠れるぞ。
花江　え？
豊臣　塚口さん二階借ります。
圭吾　勝手なことを。上は私の仕事場だ。

豊臣　さあ、お嬢さんまいりましょう。
花江　本当に勝手な人。
豊臣　あははは。

豊臣と花江が二階に上がっていく。

やす代　この子の名前をつけてください。
圭吾　え？
やす代　お腹の子、男の子だか女の子だか知らないけど、名前をつけてください。
圭吾　こんな時に何を言ってる。
やす代　小説の主人公に名前をつけるつもりで、そうしたら私だって嬉しいし、先生だって死ぬ理由がなくなるし。
圭吾　何の話だ心中すると言ったのはそっちじゃないか。
やす代　だって、いつも無茶なことばかりなすって、死に急いでるようにしか見えないじゃありませんか。名前をつけてください。
圭吾　私が名前をつけたからと言って何がどうなるんだ。
やす代　作家は書くことがある間は死なないんでしょ、この子はあなたの物語そのものじゃありませんか、違いますか？

二階から紙くずがバラバラと捨てられる。

圭吾　（二階へ）おい、何をしてる？

豊臣の声　こりゃ汚すぎる、私は汚いのは嫌いです。

圭吾　勝手なことをするな。

やす代　お願いします、このままじゃみんなろくなことになりません、生まれ変わったつもりでやり直しましょう、この子と一緒に、先生名前をつけてください。

圭吾　うるさい、二階を片づけるな！

横山と竹原がやってくる。
多喜子、濡れて汚れた廊下を掃除する。また、さがる。

横山　何の騒ぎです？

圭吾　いいや何でもない。

横山　（ゴミが落ちてくるのを見て）誰かいるんですか？

圭吾　掃除を頼んだんだ、何でもない。

横山　へえ、先生が掃除。

竹原　そんなことより、先生ご存じですか？

圭吾　え？

竹原　豊臣治が心中しました。
圭吾　……。
谷　さっき私が伝えた。
横山　そうですかだったら話が早い、早速この件について原稿を。
竹原　こちらを先に、明日の新聞のコメントをお願いします。
谷　おい、待て、まだ死んだと決まったわけじゃないだろう。
竹原　いいえ、先ほど遺体が発見されました。
圭吾　え？
谷　ええ？
竹原　まだ身元の特定はできないそうですが、多分間違いないと。
横山　何しろ時間の経過した水死体は……。
竹原　見つかった遺書の日付からすでに三日。
横山　見るも無惨な姿だそうです。
竹原　川面に垂れ下がった柳の茂みの下にふたつの死体が紐でつながって。
横山　ぷーかぷかぷーかぷか。
谷　うわあ（先ほどの紐を谷が持っており）。
横山　どうしました。
谷　いやなんでもない。
竹原　とにかくコメントをお願いします。

圭吾　人違いってことは……。
竹原　さあ、それはどうでしょう、あり得ないと思いますが。
圭吾　私は人違いのような気がするんだが。
竹原　同じ作家の死を認めたくない気持ちはわかりますが。
圭吾　そうじゃない……。私は作家の死について悲観的な見方はしない。
竹原　ほう。
圭吾　作家というものはその作品がすべてだ。命の長短に何の関係もない。豊臣には優れた作品がある、それでいいじゃないか。
竹原　なるほど（メモしてる）。
谷　私はそうは思わない。
竹原　どうぞ。
谷　生きながらえることによって、見えてくる世界もあるはずだ。優れた作家にとって、ただ生きることは無意味にあるいは苦痛に感じるのかもしれない。しかし、その先を見届けるのも、また文学だと思う。豊臣の死は早すぎた。
竹原　なるほど。
圭吾　それはしかし、作家の資質の違いだ。十年を五十年のように生きる作家もあれば、百年を五十年のように生きる作家もある、豊臣は前者です。
竹原　わかります。
やす代　わかりません。

竹原　は？
やす代　十年が五十年になるなら、五十年を生き延びて二百五十年にすればいいじゃありませんか。
谷　そうです奥さん、その通り、あははは。
豊臣　（いつの間にか階段のところで話を聞いている）二百五十年ね。
横山　あ！
竹原　ああ！
豊臣　二百五十年は辛いなあ。
横山　どうして？
竹原　これはどういうことです？
豊臣　いやいやこのままでは本当に死んだことにされてしまう。さすがにそれは辛い、生きているのに死んでます。これじゃあ何年生きてもゼロになってしまう、二百五十年よりもっと辛い。
横山　心中はどうしたんです？
豊臣　申し訳ない少し遊びが過ぎた。
竹原　狂言だったんですか？
豊臣　世の中がどう騒ぐのか興味があってね。
横山　冗談じゃない。
豊臣　なーに、これで新しい作品が書ける。
竹原　狂言心中と書いていいいんですね？
豊臣　どうぞ。

竹原　急がなきゃ、失礼します。
横山　それじゃあまた、
豊臣　どうも、お騒がせしました。

横山と竹原が去っていく。

豊臣　柳の下でぷーかぷーか……。
谷　さすがにこれは叩かれるね。
豊臣　ええ、覚悟してます。
谷　これでまた無頼派の伝説がひとつ増えたわけだ。
豊臣　あははは。
やす代　おかしくありません。
谷　まったく。
豊臣　塚口さん。
圭吾　……。
豊臣　上にいる女のこと、よろしくお願いします。
圭吾　おい。
豊臣　私と一緒にいたら、針のむしろだ、私は叩かれてもいいが、女に罪はない。ほとぼりが冷めたら引き取りに来ます、それまでよろしく。

やす代　どうしてそう勝手なんでしょ、針のむしろでも何でも一緒にいたいに決まってるじゃありませんか。都合のいい時だけ紐で結んでおいて、どうしてそんなことを仰るんです。

豊臣　そういうことをあなたのように信じられたら、人は幸せだ。紐で縛る必要もない……塚口さん、いい奥さんです。じゃ、よろしく。

圭吾　……おい。

豊臣　え？

圭吾　……何でもない。

豊臣　では。

豊臣が出ていく、玄関に五助が立っている。

豊臣　お客さんですよ。（出ていく）

五助　……。

多喜子出てくる。

多喜子　あんたここで何を？

五助　ちょっと。

谷　おや五助さん、どうしました？

五助　原稿を、少し書いたもんで。
谷　へえ。
多喜子　……あんた、やっぱり、こんなこと止めてちょうだい。この家にいるとよくわかるけど、物書きなんてみんな変人、あんたまで変人の仲間入りは止めてちょうだい。
谷　まあまあ、どれ（原稿を読む）……こりゃひどい悪筆だ、というか、今まであまり字を書いたことが……。
五助　すいません。
谷　うーん、いやいやこりゃ眼鏡が必要だ、後日また改めて。
五助　……はい。
谷　圭吾さん、今日はこれで、とんだ騒動だった、こんなことが度々あると仕事にならん。じゃ何かあればまた連絡を、では。
多喜子　ご苦労様でした。

谷が去っていく。

大橋　五助さんどうぞ。
多喜子　いいえ。
やす代　五助さん、よかったら上がってください。
五助　あ、はい。

多喜子　調子に乗るんじゃないの、お構いなく。
やす代　（圭吾に）二階が気になるんですか？
圭吾　違う、変な下心なんかない。
やす代　どんな下心です？
圭吾　くだらんことを言うな。
やす代　どうぞ五助さん上がってください。
五助　はい。（上がる）
多喜子　すいません。
圭吾　多喜子さん二階の様子を見てきてくれ。
多喜子　はい。（二階へ）
大橋　お茶でも入れましょうか？
五助　いいえ。
やす代　そうねごめんなさい、お願いします。
大橋　はい。（出ていく）
やす代　……どうしましょう。
圭吾　え？
やす代　（お腹を触っている）
圭吾　……五助さん、あんた子供についてどう思う？
五助　子供ですか？

圭吾　ええ。
五助　授かればいいなと思います。
圭吾　なぜです？
五助　それがきっと普通でしょうから。
圭吾　いつか爆弾で殺されるかもしれない。
五助　……それでもやっぱり。
圭吾　……。
五助　命をつなげないと。
圭吾　生きるのは愉快ですか？
五助　からかわないでください。
圭吾　からかってない。
五助　……。
圭吾　……やす代、好きにしなさい。
やす代　え？
圭吾　子を持った女にはかなわない。
やす代　先生。

多喜子が下りてくる。

多喜子　寝ていらっしゃいました。

圭吾　え？

多喜子　あの布団で、どうしてあんなところで眠れるのか。

やす代　疲れていたのね。

多喜子　ええ。

やす代　多喜子さん産んでもいいって。

多喜子　そうですか、早くそう仰ればいいのに。

やす代　出かけてきます。

多喜子　どちらへ？

やす代　安産のお札をもらいに。

多喜子　お供します。

やす代　いいでしょ？

圭吾　ああ。

多喜子　冷やすといけません、いま上着を。

やす代と多喜子が外出の準備をしに部屋を出ていく。

大橋が茶を持ってくる。

大橋　どうぞ。

五助　どうも。
圭吾　私にはどうもよくわからない。
大橋　何がです？
圭吾　子供を喜ぶ気持ちがさ。
大橋　可愛いもんです。
圭吾　可愛いのはわかるが。
大橋　それでいいじゃありませんか。
圭吾　……あははは。

やす代と多喜子が支度をして出ていく。

やす代　すぐに戻ります。
大橋　行ってらっしゃい。
圭吾　……。
五助　あの、よかったらこれを（原稿を）……。
圭吾　悪いが今そんな気分じゃない、また別の日に。
五助　はあ。
大橋　読んでもいいですか？
五助　どうぞ。

大橋　お借りします。

大橋が静かに読み始める。
圭吾は二階が気になっている。
大橋が原稿を読んでいるのが五助は気になる。
圭吾は二人の注意が自分にないことを感じ、
ゆっくりこっそりと二階へ上がっていく。

大橋　……生きるという言葉が、最初の一枚の間に十三回出てきますね。
五助　はあ。
大橋　命というのも八回ほど、あと読めない文字が五、六カ所。
五助　あまり言葉を知らなくて、駄目でしょうか？
大橋　いいえ、気持ちが真っ直ぐに伝わります。
五助　はあ……。
大橋　文学というより子供が描いた絵のようです。
五助　どうでしょう？
大橋　（原稿に目を落としながら）……僕は卑怯な人間なんです。
五助　は？
大橋　本当のことはいつも言わないようにしている。原稿用紙を埋める、たった一行の文章も僕は

五助　持っていない。
大橋　駄目ってことですか？
五助　いいえ、今は駄目でも人は未来を語れます。
大橋　駄目なんですね？
五助　僕は文章を書く人を尊敬しています、いつか僕も自分なりの文章を見つける旅をしたい。
……。

二階から「きゃあ」という花江の悲鳴。

大橋　圭吾さんはいつもああして旅をしています、立派です。

二階から花江が、続いて圭吾が駆け下りてくる。

圭吾　違う違う、違う、違う違う違う違う。
花江　何が違うんですって？
圭吾　今君の頭にある、すべてのことが違う。
花江　私の頭の中に何があるって？
圭吾　私はただ布団を掛けてやろうと思って。
花江　豊臣は？

圭吾　君をよろしく頼むと言って帰っていった。
花江　はあ、何だか女衒に売り飛ばされた気持ち。
圭吾　そうじゃない、落ち着こう。
花江　落ち着いてるわ、奥さんの服を着せられてその夫に襲われるなんて、考えてみたらなかなか面白い趣向だわ。
圭吾　馬鹿なことを言うな。心中しそこなったばかりの女を誰が抱こうと思う？　気になって覗いただけだ。
花江　お茶をいただきます。
大橋　どうぞ。
花江　（飲んで）……そう、豊臣は帰ったの。
圭吾　豊臣なりの気遣いだ、騒動に巻き込みたくないと言っていた。
花江　それはそれはお優しいことで。……やだ、豊臣は私のことを書くのかしら？
圭吾　知らん。
花江　姉妹揃って、前世で作家に何かしたのかしら？
圭吾　くだらんことを言うな。
花江　姉が死んだ時の話をしてあげましょうか？
圭吾　聞く必要はない。
花江　聞くべきだわ。だってあなたのことを思って苦しんで死んだとでも思ってるんでしょう？
圭吾　そんなことはない。

花江　姉はあの日……大福餅をのどに詰めて窒息死しました、最後の言葉は「ああお腹がすいた」でした、塚口圭吾のことなんかどこにもなし。
圭吾　適当なことを言うな。
花江　でしょ、適当なことなんか誰だって言われたくないの。自分に都合のいいことばかり書かれたらたまらないと思うでしょ？
圭吾　話が違う。
花江　同じです、豊臣の方がまだ立派、一緒に死んでくれようとしたんだから。
圭吾　帰れ、出ていけ。
花江　ええそのつもりです、ここにいたら何をされるかわからない。
圭吾　金をやる、どこかにしばらく身を隠しなさい。
花江　結構です、そうだこの間靴を忘れたわ。
大橋　あ、はい（下駄箱から取ってくる）どうぞ。
花江　……この靴、姉のなの、記念に差し上げるわ。
圭吾　……。
花江　ここに足があって、ふくらはぎ、太股、お尻、お腹、胸、腕、顔……。ここに姉がいると思って執筆に励んでくださいな。
圭吾　……。
花江　姉を愛してくれたことは感謝してます、さよなら。
圭吾　ああ。

花江　これ借りてくわ（服）、きっと借りっぱなしね、奥様によろしく。

花江が去っていく。

圭吾　五助さん。
五助　……はい。
圭吾　作家というのは因果な商売でね。
五助　はあ。
圭吾　あまりお勧めしません。
五助　はあ……じゃあこれで。

五助が原稿を置いて去っていく。

圭吾　……ここを出ていくんだって？
大橋　え？　はい。
圭吾　当てはあるのか？
大橋　いいえ。
圭吾　大丈夫か？
大橋　はい。

圭吾　そうか、うらやましい。
大橋　いいえ……。

吉田が戻ってくる。

吉田　お待たせしました、これだけ（睡眠薬）……。
圭吾　……。
吉田　どうかしたんですか？
圭吾　いいや、何でもない。
吉田　はあ……。
大橋　（突然五助の原稿を読み始める）私は生きる、生きている、生きることは立派だ、なぜなら授かった命だ、理屈は知らない、死んでたまるか、殺されてたまるか、生きて生き続けて、命を燃やして、私は生きる、ひたすら生きる、母に感謝父に感謝、命をありがとう、生まれてきたよありがとう、死んでたまるか、生きる、それしかない、生きる……。

朗読の途中から灯りが落ちていく。
赤ん坊の鳴き声が聞こえる。

6　人の親になった作家

やす代が赤ん坊を抱いている。多喜子、吉田、谷、平井、横山、竹原、芝山がいる。

圭吾の声　おーいやす代。
やす代　はーい。（二階へ上がっていく）
平井　書けたのか？
吉田　多分違うと思います。
平井　じゃあ何だ？
多喜子　先生が子供の顔を見たがるんですよ。
平井　へえ。
谷　信じられないことだが塚口圭吾は子煩悩な男であった、あははは。
芝山　大抵そんなものです。
多喜子　先生がおしめまで替えるんですよ。
平井　へえ。
横山　信じられないなあ。
多喜子　にやけた顔してびっくりです。

平井　やっぱり人の子なんだねえ。
谷　人の子、人の親になるだ、あははは。
多喜子　慣れないことすると、ころっと逝ってしまうって言いますけどね。……冗談ですよ。
谷　あははは。

圭吾が二階からどたどたと下りてくる。

圭吾　……この中の誰よりも私に似ている、あははは。
多喜子　当たり前ですよ。
圭吾　あははは。

圭吾が二階へ上がっていく。

竹原　こりゃひどい。
芝山　あの分ならもう大丈夫ですね。
谷　先生一杯やりましょう。
芝山　ええ。
平井　赤ん坊に名前はつけたんですか？
多喜子　いま先生が考えてるところです。

圭吾がまた下りてきて、谷のところへ。

圭吾　継男というのはどうだろう、命を継ぐ男で、継男。
谷　継男、うん、いいじゃないか。
圭吾　よし決めた、諸君、原稿を書き上げたら祝宴だ、しばらく待たれよ、あははは。やす代、やす代。

二階へ上がっていく。

竹原　これでは作風まで変わってしまいませんか？
平井　何遍言わせる、作家のすべてを見つめよだ。
竹原　はあ。
多喜子　さて、床屋を手伝ってこなきゃ。
横山　多喜子さん、五助さんに原稿の催促しておいてくださいよ。
多喜子　やだやだ、そそのかさないでくださいよ、せっかく床屋に収まったのに。
平井　いや、あれはひょっとするとものになるかも、自然派、素朴派の作家として宣伝すれば、多少の文章の乱れも味になる。
谷　そうなると多喜子さん、作家婦人だ。

多喜子　もう、からかわないでください。
やす代の声　止めてください先生。
圭吾　大丈夫だ止めるな。
やす代　(顔を出し) 多喜子さん布団、名前が決まった記念に飛び降りるって。
多喜子　はいはい、吉田君。
吉田　はい。
多喜子　作家婦人なんて私はまっぴら。
谷　わはははは。
竹原　こういうことは変わらないんですね。
平井　うん。
やす代の声　急いで。

庭から多喜子の声「先生飛び降りるならここですよ」。
吉田「よーく狙いを定めてください」。

平井　腕を気をつけてください。
圭吾の声　わははは、だあー。

ドスンガラガラ、お花の泣き声。

平井　お見事。

二階から赤ん坊を抱いたやす代が下りてくる。

やす代　継男です、継男。
谷　気に入りましたか？
やす代　ええ。
谷　あははは、さあ、祝宴の準備でも始めますか？
多喜子の声　お花、ばたばたしないの飛べやしないんだから。
吉田の声　あはは、先生起きてください。
多喜子の声　汚れますよ……。
やす代　あなたの名前は継男です、命を継ぐ男。
吉田の声　……先生、先生。

お花の泣き声がうるさくなる。

吉田　先生……。
やす代　……。

平井　おい。

多喜子　（顔を出して）先生がぴくりとも動きません。

全員　……。

ストップモーションのようにみんなの動きが止まる。

やす代　一瞬のようで、数百年のようで……。

だんだん強く赤ん坊を抱きしめるやす代。

灯りが落ちていく。

終

ゴールデンハンマーな作品

青山　勝

中島淳彦の芝居をはじめて観たのはもう十五年以上も前のことになる。その頃、仕事の付き合いがあったデザイナーが舞台に出るというので、銀座の小さな劇場に出かけたのだ。

はじめは、まるで期待していなかった。ホンキートンクシアターという、その劇団名は聞き覚えがなく、タイトルからして『さあ！　俺を馬鹿にしなさい』である。いかにもイイ加減だ。そもそも、芝居経験などない素人をいきなり舞台にあげてしまうことからしておおいに問題がある。

手元に残っている当時のパンフレット（といってもB４のペラ一枚だが）にはこんなあらすじが記されている。

閉山しました炭鉱に漫才師だの刑事だのサギ師だのヒゲ女だのが集まりまして、山の炭鉱夫たちと上へ下へ右へ左へのビッグドタバタ！　飲めや唄えや笑えや泣けや……さあ、さあ！　始まりですってばよ。

と、いかにも適当。〝ビッグドタバタ〟とは泣かせるじゃないか。

で、感想はどうだったかというと、これもノートに残っていて「一言でいえる芝居というのはほとんどありえないのだけれど、この芝居は一言でいえてしまうのがいい」以下、目が離せないだの三重丸花つきだの、提灯持ちさながらの言葉が並んでいて、当時の俺はまるで阿呆である。なにしろこの芝居を観てすぐホンキートンクシアターに入ってしまったくらいだ。

中島はこのホンキートンクシアターの主宰で作、演出、出演も兼ねていた。当時のメモには「中島淳彦二十六歳。トニー谷に似ている。プップ、プップとおならをするギャグが可笑しい」と書いてある。トニー谷の舞台など見たこともないのに、いったいどういうつもりでこんなことを書いていたのか。プップ、プップとおならをするギャグがおかしいって、いちいちノートに書くようなこととも思えない。お前は小学生かと、かつての自分にツッコミたくなる馬鹿さかげんである。

この頃の中島の芝居をいくつかあげてみると『ひょっとこすると天才カモねぎ』『贅沢バカ三昧』『広辞苑マンボでスチャらかホイ』『おどろ』『おどろ2』エトセトラ。内容と関係ない、というより、どんな内容もあらわしようのないタイトルばかりで、念のために言うと『おどろ』と『おどろ2』もまるで関連はなく、なにが〝ツー〟なのかわからないのである。

この頃の中島作品は演劇というよりも演芸といったほうがふさわしく、出演者も台本通りセリフをいう人はほとんどいなかった。台本通り喋れる人もあまりいなかったという事情もある。

ホンキートンク結成から二十代後半にいたるまで、中島作品の登場人物はアホ、バカが中心であった。アホバカ全盛期である。パブロ・ピカソに「青の時代」があり、中島淳彦に「アホの時代」があった。

創作活動をするものなら誰にも年齢とともに作風の変化というやつが訪れるが、それは中島とて例外ではない。アホものはもう書かない、と決意したかどうか知らないが、三十代に差し掛かったあたりから「玉虫の時代」に移っていく。良いんだか悪いんだか深いんだか浅いんだかよくわからない玉虫色の芝居である。では、この本に収められた二本の戯曲をはじめとする、道学先生旗揚げ以来の数々の作品はなんと呼ぶべきだろうか。わたしとしてはそれらを「ゴールデンハンマー作品群」と呼びたい。

一発当たれば打ち出の小槌。

どうかどこの劇団でもいいからこれらの芝居を引っさげて、日本中をまわってほしいものである。その時にはぜひ、客演として参加させてもらおう。

（劇団道学先生・代表）

だらしない人間を書いていきます

中島淳彦

——台本を書き始めたのはいつ頃からですか？

小学校の二年生ぐらいの時に、座頭市の物真似を先生に褒められて、それから人前で何かやるのが楽しくなって、どうせやるなら少し工夫をしようと、座頭市を主人公の寸劇を書いたのが初めてですね。

——どんな話だったんですか？

目の見えない座頭市が、全然関係のない場所で滅茶苦茶に刀を振り回して、それでも人がバタバタ「うわあ！」と叫びながら倒れていくという、くだらないギャグの繰り返しで、これがまあ大いに受けまして、クラス会でも遠足でもチャンスがあるとこのコントを仲間を集めてやっていました。

——目立ちたがり屋だったんですね？

そうですね、でも友達をつくったりするのは苦手な子供でした。「劇やろう」って時だけ、なぜだか人に積極的に声をかけることができて、これはいまだにそうかも知れませんね。芝居やってなかったら孤独で死んでいたかもしれません。

――座頭市以外の作品は？

テレビと漫画の真似ですよね。ドリフの教室コントとか、ジョージ秋山のギャグ漫画とか、あと「スター千一夜」って番組を「先生千一夜」にして先生役の生徒に先生の私生活を語らせるとか「クイズ知らんぷり」とか、まあ、くだらないですよね。

――クイズ知らんぷり？

昔「クイズグランプリ」って番組があったでしょ。その番組はもちろんクイズに答えるわけですけど、クイズ知らんぷりは答えがわかっても、知らんぷりをするという……ね、くだらないでしょ？

――はい。

そんなことばかりやってたんですよね。で、小学校五年生の時に初恋をして、林真弓さんという子なんですけど、告白したら「台本を書いてる時の中島君は好き」って言われたんですよ。

――台本を書いてる時？

ええ、つまりそれ以外は好きじゃなかったんでしょうね。結局振られたんですね。でも、台本を書いてる時は好きって言葉は心に響きまして、この時に自分の進路は決まったようなものですね。感謝してます林さん。

――それからずっと書き続けてるんですか？

小学校六年生で挫折しました。担任の先生に「ドリフのコントみたいなくだらないことは止めて、もっと人が感動するものをやりなさい」って言われたんですよ。

――感動ですか。

それで、病気の少年がクリスマスに死にかけて、サンタさんから命のプレゼントを貰うというような、恥ずかしい感動物を書こうとしたんですが、何だか気持ち悪くって結局書けませんでした。

――可愛らしい挫折ですね。それからずっと書けなかったんですか？

その次に書いたのは、東京でもう二十歳ぐらいの時ですからね。

――その間は何をしてたんですか？

中学校の時は女生徒ばかりの演劇部に参加したり、ちょっと不良化したり。田舎の不良ですけどね。学校にも行かず、で、十七歳の時に宮崎から東京に出たわけです。

――お芝居をやろうと思って？

いえいえ、洋食のコックをやってました。僕の故郷の宮崎県日南市というところは、演劇の「え」の字もありませんからね。自分が芝居をやるような人間になるとは想像もしてませんでしたね。

――二十歳までコックですか？

はい、四年ぐらい汗と油にまみれて働いてました。もう忙しくて辛くて辛くて、会社の寮に入っていたんですけど「もう十分に働いた、もう辞めよう」と、でもなかなか辞めさせてくれなくて、店のバイトに夜中に荷物を運ばせて、結局とんずらしました。

――芝居をやろうと思って辞めたんですか？

いえいえ、ただコックの仕事が辛くて、でも、辞めた途端に「ああ、劇やりたいなあ」って思いました。

——東京で芝居はよく観たんですか？

いえいえ、ほとんど観てません。初めて観たのが多分、劇団四季の『キャッツ』で、あとは明治座で三木のり平さん、演舞場で子供の頃からテレビで観ていた松竹新喜劇、そんな感じです。

——最初は劇団四季だったんですか？

まったく肌に合いませんでした。鳥肌立つほど気持ち悪かったです。それから小劇場も、一度観に行って、劇団名は覚えていませんけど「窓を開けると朝鮮半島が見える！」なんて役者が叫んでいて、これも駄目でした。

——けっこう観てるじゃありませんか。

自分の劇団を旗揚げするまでに芝居観てるの五本ぐらいですよ。その前の演劇体験は小学校の体育館で観た『ピノキオ』ぐらいですからね。そんな男が突然、コックを辞めて劇団始めたんですから、まあ、無謀ですね。

——それがホンキートンクシアターですね。

はい、贅沢馬鹿劇団と名乗ってました。旗揚げが浅草の木馬亭で、音響さんとか照明さんが必要ってことも最初知りませんでしたからね。今考えるとぞっとします。それでも生意気に芝居のチラシに「演劇関係者の入場をお断りします」なんて入れたりして。

——へえ。

演劇より演芸をやりたかったんですよね。演劇は何だか、暗い感じがして。

——面白かったんですか？　その芝居は？

面白いわけがありませんよね。つい最近その頃の台本を読み返したんですが、ひどいですよ。「これを書いた男は絶対に才能がない」って今なら断言できます。よく周りが止めなかったものだと思います。芸もアイディアもない、笑えない吉本新喜劇みたいな感じで。

——でもその劇団は十年ぐらい続くんですよね？

演劇についてまったく無知だったから良かったんでしょうね。他と比べることもしないから、自分のレベルに気がつかず、あ、これは今でもそうかも知れませんけど……。とにかく台本の書き方、芝居の作り方みたいなものが身につくまで十年ぐらいかかりましたね。頭良くないですよねやっぱり。

——十年ですか、でもその十年で解散ですね？

ええ、何となく色んなことがわかってきて、同じ形ではできない雰囲気になっていましたね。ちょうど、別のチームから台本の依頼なんかも来るようになって。

——それで現在にいたるってことですか？

まあ、大雑把に言えば、そうです。

——『エキスポ』と『無頼の女房』ですけど、書くきっかけみたいなものはあったんですか？

『エキスポ』は、宮崎の連れ込み旅館が舞台ですけど、僕の実家も一時期小さなラブホテルをやっていまして、その辺がヒントになっています。あと『エキスポ』を書く少し前に、祖母が亡くなって、やっぱり、お葬式って面白いよなあって思いまして。

——ある程度実話なんですか？

いえいえ、芝居はもちろんフィクションですけど、ああ、でも、祖母の葬儀の時に、嫌がる喪主の母に代わって僕がスイッチの点火者になったり、似たようなことはたくさんありました。

——故郷の話を書くっていうのはどんな気分なんですか？

まあ、どうしても親の顔なんかが頭に浮かびますからね。イメージは浮かびやすくて書きやすくはあるんですが、でもちょっと複雑ですよね、やっぱり。

——複雑ですか？

『エキスポ』の前に『ザブザブ波止場』っていうやはり田舎の話を書きまして、田舎の人間は皆スケベでどうしようもないって話なんですけど、これを宮崎でやろうって話になった時、「こんな田舎を馬鹿にした話はやれない」って怒られましたからね。愛情を込めて書いたつもりなんですけど。

——『エキスポ』で一番書きたかったことってなんですか？

何でしょうね。お母さんありがとうってことですかね……ま、そういうことは読んでもらうのが一番いいですね。書いてる間は「これが書きたいことです」なんて、やっぱり考えませんしね。読んで、観て、面白がっていただければ、それでいいです。

——『無頼の女房』は？

作家の奥さんの文章ってのが好きだったんですよね。作家が死ぬと、その奥さんが本出したりしますよね、作家について。作家はたいてい滅茶苦茶で奥さんが振り回されていて。

——この作品は坂口安吾がモデルですよね？

ええ、一応そうです。『クラクラ日記』が好きだったんですよね、奥さんの坂口三千代さんの書かれた。まず何より『クラクラ日記』っていうタイトルがいいでしょ？ 読むとやっぱりクラクラしますしね。ぜひ作家の家庭を書いてみたいと思いましたね。

——坂口安吾は好きだったんですか？

いえいえ、『無頼の女房』を書くまで、読んだこともありませんでした。『堕落論』とかタイトルだけは知ってましたけど、難しそうでしょ？ 読んでみたら面白かったですけど、すいません、いい加減で。

——これからどんな作品を書いていきたいですか？

まあ、基本的には締め切りに追われて苦し紛れで書いていくんでしょうけど、そうですね……だらしない人間を書いていくんでしょうね。だらしないですもんね、人は。

——だらしない人間たちへの応援歌みたいなものですか？

他の人を応援している余裕はあんまりないですからね。だらしなく台本を書いている自分への励ましですかね。

——中島さんだらしないんですか？

ええ、とてもだらしないです。

——では、そろそろまとめたいと思いますけど。あ、そうですか。こんな感じで大丈夫ですかね？　何となく自己紹介になりましたかね？

——大丈夫だと思います。最後に何かあります？

そうですね、右も左もわからない状態で芝居を始めて、それでも懲りずに支えてくれた皆さんに感謝します。きっと不幸になった人も多いですからね。

——ああ、そうですか。

あと、林真弓さんに感謝します。今はどうされてるんでしょうかね、林真弓さん。

——さあ、私に聞かれても。

ああ、そうだよね。

——ではそろそろ、ありがとうございました。

どうも、ありがとうございました。

（聞き手＝ジェイ・クリップ　長瀬康子）

『エキスポ』上演記録

2001年8月29日〜9月9日
新宿◉THEATER/TOPS
全14ステージ

キャスト
大場康夫・・・・・青山勝
大場了一・・・・・福島勝美
大場賢作・・・・・辻親八
山下・・・・・・・藤原啓児
峰山・・・・・・・海堂亙
上原・・・・・・・前田こうしん
金丸・・・・・・・中西俊彦
芳川・・・・・・・東海林寿剛
客・・・・・・・・照屋実
高田葬儀屋・・・・中山龍太朗
宝田・・・・・・・水野敦史
大場千代子・・・・かんのひとみ
大場珠子・・・・・江間直子
大場君江・・・・・大西多摩恵

スタッフ
脚本・・・・・・・中島淳彦
演出・・・・・・・堤泰之（プラチナ・ペーパーズ）
舞台美術・・・・・吾郷順治
照明・・・・・・・大澤薫
音響・・・・・・・井出比呂之
衣裳・・・・・・・前田昌彦
ヘアメイク・・・・伊藤維佐子
宣伝美術・・・・・野原薫

企画制作・・・・・ジェイ・クリップ，上谷忠

劇団道学先生・第8回公演＋シアタートップス提携公演

『無頼の女房』上演記録

2002年10月26日〜11月6日
新宿◉THEATER/TOPS
全16ステージ

キャスト
塚口圭吾・・・・・青山勝
芝山先生・・・・・福島勝美
谷雄一・・・・・・辻親八
大橋太郎・・・・・藤原啓児
横山・・・・・・・海堂亙
五助・・・・・・・前田こうしん
竹原・・・・・・・中西俊彦
豊臣治・・・・・・竹田雅則
吉田青年・・・・・中山龍太朗
平井・・・・・・・山崎直樹
塚口やす代・・・・かんのひとみ
花江・・・・・・・生方和代
多喜子・・・・・・大西多摩恵

スタッフ
脚本・・・・・・・中島淳彦
演出・・・・・・・黒岩亮
舞台美術・・・・・若瀬豊
照明・・・・・・・大澤薫
音響・・・・・・・井出比呂之
音響オペレーター・坂本柚季
衣裳・・・・・・・藤井百合子
宣伝美術・・・・・野原薫

企画制作・・・・・ジェイ・クリップ，上谷忠

劇団道学先生・第10回公演＋シアタートップス提携公演

『エキスポ』舞台正面図

作成／吾郷順治

『無頼の女房』舞台正面図

作成／若瀬豊

中島淳彦（なかしま・あつひこ）
1961年8月24日、宮崎県日南市生まれ。O型。1981年20歳で劇団ホンキートンクシアターを旗揚げ。主宰および作・演出・出演を手がける。10年後同劇団解散。1997年11月、ホンキートンク時代の俳優青山勝とともに劇団道学先生を旗揚げ。以来、同劇団および劇団ハートランド（女性ばかりのユニット）の座付き作家として脚本活動に専念。主に人情味のある喜劇を得意スタイルとし、他のさまざまな劇団にも精力的に新作を書き下ろす。これまで書いた脚本60本以上。

上演に関する問い合わせ：
〒160-0001 東京都新宿区片町1番地 パレ・クリスタル401
㈲ジェイ・クリップ　Tel. 03-3352-1616

エキスポ／無頼の女房

2004年7月28日　初版第1刷印刷
2004年8月10日　初版第1刷発行

著者　中島淳彦
発行者　森下紀夫
発行所　論創社
東京都千代田区神田神保町 2-23　北井ビル
tel. 03（3264）5254　fax. 03（3264）5232
振替口座 00160-1-155266
装丁　いちのへ宏彰
印刷・製本　中央精版印刷

ISBN4-8460-0490-2